Pirates ! 1 Le Voyage de Blandine Veyre

Luc Dragoni

Published by Luc Dragoni, 2024.

PIRATES ! 1 LE VOYAGE DE BLANDINE VEYRE

First edition. July 1, 2024.

Copyright © 2024 Luc Dragoni.

ISBN: 979-8215979402

Written by Luc Dragoni.

ISBN:979-8215979402
Droits d'auteur enregistrés,
CopyrightDepot.com sous le numéro 00055146-1
Copyright © 2024, Luc Dragoni

LUC DRAGONI

Chères lectrices, chers lecteurs,

Merci de votre présence.

Vos critiques, vos commentaires, qu'ils soient élogieux ou défavorables, sont toujours les bienvenus !

LucD.auteur@hotmail.com

Prologue - « A ma bien-aimée »

Dans tes yeux j'ai d'abord vu la haine, la violence et la cruauté, mais ensuite je n'ai vu que de l'amour...

Sur cette île abandonnée, sur cette île au parfum de rhum de contrebande, derrière notre maison en rondins se trouve une petite tombe.

Je ne sais si les défunts parviennent à lire nos lettres, mais je t'écris tout de même ; j'écris à la femme qui repose ici, tout près de moi. Tu sais, mes souvenirs sont tenaces ; je pense toujours avec émotion à notre première rencontre et à l'existence commune qui s'ensuivit. Je n'ai pas non plus oublié qu'avant de te connaître et de devenir une personne si différente, une aventurière audacieuse et aguerrie, avant de devenir cette femme insensible que plus rien ne dérange, j'étais une jeune fille douce et sensible, et pour mes proches j'étais un ange...

T'en souviens-tu ?

A l'aube de mes seize ans et déguisée en garçon, je m'étais retrouvée un peu par hasard embarquée sur une Goélette de commerce. A ce moment-là, je n'avais pas eu d'autre choix que de monter à bord car cela mettait fin à ma misérable expérience de naufragée et à ma triste situation d'exilée ; néanmoins, j'avais immédiatement regretté cette décision, car le Capitaine et son équipage ne me plaisaient pas et le travail qui m'avait été confié à la cambuse et dans la cale me dégoûtait. Ainsi je ne pensais déjà plus qu'au retour en espérant retrouver mes parents au plus vite, lorsqu'au beau milieu de notre traversée, ton navire la « Brigantine » nous donna la chasse et très vite nous aborda.

Ensuite les évènements s'enchaînèrent avec une telle rapidité que je pus seulement remarquer ton drapeau, et celui-ci semblait terroriser notre équipage. Sur un fond bleu marine, presque noir, la silhouette d'une araignée était brodée avec des fils de couleur rouge et or ; moi aussi j'allais bientôt comprendre ce que cela signifiait... Je me souviendrai toujours de ce moment de frayeur, pas celle qu'on invente, mais celle qui vous pétrifie et qui vous paralyse. Comme nos marins, j'avais bien essayé de me défendre, mais j'avais été aussitôt assommée et je gisais sur les planches, le visage ensanglanté, lorsqu'un baquet d'eau fraîche brusquement vidé sur ma tête me fît reprendre conscience.

A ce moment-là, je te vis approcher d'un pas souple et lent. Le bruit de tes bottes résonnait d'un craquement sourd sur le pont du navire, mais malgré cela tu avançais à la manière d'un animal sauvage, et afin de bien m'observer, tu plaças ton visage très près du mien, beaucoup trop près, comme si tu avais voulu pénétrer tout à l'intérieur de mon être. Dans tes yeux d'un vert éclatant, aussi verts que la férocité, il n'y avait que mépris et colère ; je ne pus soutenir ton regard et je dus fermer mes paupières.

C'en était fini. Dès cet instant je crus que ma courte existence allait se terminer...

C'est alors que j'entendis ton rire mais ce n'était pas ce rire brutal et rauque, habituel chez les gens de mer. Non, ton rire était clair, presque enfantin. Je repris donc confiance et j'ouvris enfin les yeux, mais ma peur ne fît qu'augmenter, car si parfois certains Capitaines de vaisseaux pirates portent un perroquet ou un petit singe sur leur épaule, je découvris que sur la tienne une masse velue apparaissait tout doucement en grimpant depuis ton dos... et c'était une araignée, plus grosse qu'une main et rousse comme l'enfer ! Je venais juste de comprendre la signification terrifiante de ton drapeau.

Tu cessas brusquement de rire et tu m'invitas à te suivre vers ton navire et dans ta cabine, après avoir donné d'un ton péremptoire les ordres à ton équipage :

— Récupérez toutes les marchandises de valeur et coulez ce bateau, ensuite cap à l'Ouest, ne traînons pas !

Les hommes se hâtaient et t'obéissaient comme on obéit à une princesse ; il m'apparut dès lors que j'étais la seule survivante de ce massacre et je te suivis donc à distance, toujours aussi terrifiée, les yeux fixés sur ton épaule et sur le monstre hideux qui s'y accrochait.

Ton agilité était remarquable, et dans le tumulte qui régnait à bord à ce moment-là, tu franchis la planche qui reliait les deux navires avec une telle vélocité que je crus un instant te perdre de vue, car moi j'avançais en titubant, tellement ma tête me faisait souffrir. Puis tu t'engouffras dans ta cabine située sous le gaillard d'arrière. La porte était restée ouverte et un peu plus tard, craintivement, j'y pénétrais à mon tour.

Tu étais déjà assise sur un antique fauteuil à bascule en bois de couleur rouge, tes longues jambes toujours chaussées de ces hautes bottes noires, allongées nonchalamment sur ton bureau, et ce regard de bête fauve en permanence dirigé vers moi, regard sauvage, implacable, inoubliable.

C'est là que tout a commencé. Tu me posais des questions brusques et désagréables, et moi qui osais à peine lever les yeux, je te répondais toujours maladroitement. Notre incompréhension était totale, nous commençâmes ainsi à mesurer nos différences qui à l'époque étaient nombreuses !

Au début tu m'as obligée à rester avec toi. Nous avons vogué loin, très loin au delà de l'horizon. Je me sentais perdue, abandonnée ; notre animosité et nos désaccords étaient profonds et fréquents. Et puis le temps a passé, je me suis tout doucement habituée à ton caractère, à ton style de vie. Toi-même tu as commencé à me regarder d'une manière un peu moins hostile, et tu as enfin décidé de m'apprécier. Tu m'as enseigné tes mystères et tes secrets et moi j'ai essayé de te transmettre ma sérénité, et ma capacité à pardonner. « L'Alliance », c'est ainsi que parfois tu m'avais surnommée ! Nous avons fini par nous comprendre et nous sommes devenues amies et complices. D'ailleurs, souviens-toi, bien plus tard tu m'as souvent répété d'un ton moqueur :

— Il faudra encore attendre quelques centaines d'années pour que des femmes, aussi indépendantes et aventurières que nous, puissent enfin se sentir libres, sans être en permanence observées, jugées et bannies !

Peu à peu mon existence avec toi est devenue radieuse et ces merveilleux souvenirs je les ai conservés durant toute ma vie ! Mais à présent je suis seule, terriblement seule, sur cette île du bout du monde qui nous a servi de dernier refuge et de retraite finale, lorsque nous décidâmes de mettre un terme à notre vie de pirates.

Alors ma chère compagne, reçois cette lettre, elle est pour toi. Sache que jamais je ne t'oublierai ; maintenant je me suis enfin décidée, je veux écrire ton histoire, notre histoire, et repose en paix car dans tes yeux il n'y avait que tendresse et amour...

Chapitre I - Une journée comme les autres

Au petit matin

Le jour se lève, brumeux, blafard. La lumière diffuse péniblement sa couleur orangée à travers les persiennes en bois de ma chambre, située au premier étage de notre maison familiale et donnant directement sur le port de commerce de notre bonne et vieille cité Phocéenne. Je ne sais quelle heure il est, pour l'instant tout est calme. Les quais sont encore endormis, mais très bientôt une agitation fébrile va apparaître et cet élan de vie qui renaît tous les matins se poursuivra tout au long de la journée et ne cessera que tard dans la nuit...

Bientôt, comme tous les jours, j'entendrai les pas furtifs de Mère montant l'escalier afin de s'assurer que je suis bien réveillée ; elle tapera quelques petits coups à ma porte et chuchotera :

— Blandine ? Blandine, c'est l'heure, lève-toi et descends prendre ton petit déjeuner !

En attendant ce moment je me tourne sur le côté, je pose la joue sur mon oreiller pendant que mes doigts s'amusent à faire de petites boucles dans mes cheveux bruns, et je pense vaguement à cette nouvelle journée, je pense aussi à moi et à mon avenir, sans doute déjà écrit d'avance...

« Blandine », « Mademoiselle Blandine Veyre », c'est donc moi, la fille du maître voilier, homme aisé et respecté ! Nous faisons partie de la petite bourgeoisie locale, nous sommes connus et reconnus ; lorsque nous sortons nous promener le Dimanche, les gens simples nous respectent et nous saluent et les nobles nous toisent avec attention et curiosité, car à notre modeste niveau nous œuvrons pour le bien-être et la prospérité du royaume ainsi que pour ses échanges commerciaux.

Les voiles c'est important ; elles font avancer tous ces beaux navires, elles savent dompter les brises et les vents, elles parviennent à canaliser la force des éléments, afin que ces puissants vaisseaux puissent partir à la recherche de toutes les mystérieuses denrées et les merveilleux produits dont l'Orient regorge. Mais l'Orient... Je sais vaguement qu'il se situe très loin vers l'Est, vers le soleil levant... Nos voiles blanches sont plus chanceuses que moi car elles connaissent bien l'Orient, elles le fréquentent souvent ; mais moi, je ne fais que m'instruire et apprendre mon futur métier en aidant mes parents !

— Blandine ?

— Oui Mère, je me prépare et je descends.

Je m'assois au bord du lit, vêtue uniquement de ma chemise de nuit en coton et j'ai un peu froid. L'aiguière contient encore de l'eau, je la verse délicatement dans mon petit bassin en argent. J'aime cette eau parfumée, Mère sait bien faire cette préparation. Je trempe lentement mes mains et je me frotte doucement le visage, mais l'eau est fraîche. Je m'observe dans le miroir en bois laqué noir et doré qui est posé contre le mur, j'essaie de me faire un sourire et je peigne paresseusement le bout de mes cheveux. Mon peigne est précieux car il est fabriqué en écaille de tortue et il m'a été offert pour mes quinze ans ; je crois que Mère l'avait acheté à un marin revenant des Indes Occidentales. Puis le moment le plus désagréable arrive. Malgré le froid du matin, il faut enlever cette chemise, enfiler ce corset toujours trop étroit, passer ce jupon et enfin la robe ! Celle-là au moins elle me plait, son velours est si doux au toucher et cette couleur bleu marine est d'une telle profondeur... Cependant les hommes ont bien de la chance, ils n'ont pas de vêtements si compliqués à porter !

— Blandine ?

— Oui Mère, j'enfile mes chaussures et j'arrive !

Pas question de descendre pieds nus... Pourtant tous ces marins sont bien à l'aise ainsi, et personne ne leur dit jamais rien ! Je chausse mes escarpins à petits talons et à bout pointu, ils sont bleus comme ma robe, mais ornés par des broderies de teinte marron. Ca y est, je suis enfin prête, je peux me montrer.

Dans ma famille, je n'ai jamais le temps de rêvasser, il faut toujours s'activer, faire quelque chose, étudier, travailler. Blandine par-ci, Blandine par-là, et en plus il faut être très présentable, car je suis une jeune fille de bonne famille !

Comme chaque matin, dès que j'ouvre ma porte, j'aperçois mon petit chenapan au long pelage noir qui m'attend avec impatience ; aussitôt il se met à miauler en se faufilant entre mes jambes, mais comme il s'attend à quelque caresse ou bien à un peu de nourriture, son miaulement ressemble davantage à la supplique d'un malheureux ou bien à la plainte étouffée qu'émet parfois un chaton.

— Bonjour Minuit, viens, suis-moi !

Nous descendons l'escalier en bois. Les marches craquent sous mes pas car notre maison est ancienne ; en effet, cette habitation était déjà occupée par mes arrières grands-parents maternels.

Mère et notre fidèle servante se trouvent dans la salle commune. C'est ainsi que mes parents nomment cette grande pièce qui sert de salle de réception et d'accueil, avec sa belle cheminée, et aussi de salle à manger. Elles discutent un peu des derniers évènements de la ville ainsi que des nouvelles du port et surtout du travail de la journée qui commence. Au bruit de mon arrivée, elles lèvent toutes les deux la tête. Mère a toujours un regard affectueux mais aussi un tant soit peu désapprobateur et impatient, car mes cheveux sont détachés, à peine démêlés, et je sais que cela lui déplaît.

— Ah ! Blandine, as-tu bien dormi ?

— Oui Mère.

— Bonjour Mademoiselle !

— Bonjour Césarine !

J'aime notre servante, elle vit avec nous depuis que je suis toute petite et elle s'est toujours bien occupée de moi ; habituellement après le petit déjeuner, elle est en charge de ma chevelure et elle sait comment mettre en valeur mes longs cheveux sombres et légèrement ondulés. J'apprécie beaucoup le contact de ses mains sur ma tête, car elles sont pleines de tendresse et de douceur. Elle possède aussi le secret du ruban qui remplacé tous les jours viendra agrémenter ma coiffure. Césarine veillera aussi à la parfaite tenue de mes vêtements, afin que je sois absolument présentable lorsque mon précepteur arrivera.

Je prends place à la grande table non loin de l'âtre. Devant moi, le feu brille de toutes ses flammes et nous éclaire de ses multiples couleurs ; j'entends les brindilles crépiter et je sens une douce chaleur m'envahir. Ici il fait beaucoup moins froid que dans ma chambre et c'est bien agréable !

En ce matin d'hiver, Césarine me sert une grande tasse de chocolat et un morceau de pain beurré ; je me laisse aller, je prends le temps de déguster cette délicieuse tartine et cet excellent breuvage. De temps à autre je ferme les yeux et j'imagine les pays chauds d'où reviennent certains navires, les pays sans hiver, les contrées lointaines où il ne fait jamais froid... Mais Minuit tourne sans cesse autour de moi, il passe et repasse sous ma chaise en émettant de petits miaulements plaintifs, il me regarde avec ses petits yeux jaunes pleins de vivacité et de malice et il finit ainsi par abréger mon rêve ! Comme à l'accoutumée, je cède à ses caprices et je lui donne donc quelques petits bouts de mie de pain.

Les volets de la salle commune sont entièrement ouverts, la brume du matin disparaît progressivement chassée par une légère brise qui se transformera sans doute au fil de la matinée en un froid et violent vent du Nord. A travers la fenêtre à petits carreaux, j'observe le port qui commence doucement à s'animer. Quelques bateaux de pêche sont déjà de retour et très bientôt poissons et coquillages seront en vente sur les étals.

Dominant la ville basse du haut de son piton rocheux, la chapelle de la vierge est la seule à profiter des premiers rayons du soleil levant ; elle s'élève au-dessus de nos têtes et veille sur nous avec bonté. C'est du moins ce que racontent les marins et les gens vivant ici...

Le précepteur

A cette heure-ci, Père doit déjà être en train de s'activer dans son grand atelier de voilerie. Il est sans doute occupé à donner des ordres à ses employés et apprentis. Actuellement les commandes vont bon train et le travail ne manque pas. Dans peu de temps Mère ira le rejoindre, car c'est elle qui est en charge de la finition et de la décoration des voiles ; elle emploie pour cela quelques couturières.

Bien sûr mes parents ne sont pas les seuls à construire et à réparer des voiles. Il existe dans la ville de nombreuses voileries, et aussi divers ateliers nécessaires à la construction et à l'entretien d'un navire, comme des charpenteries et des corderies.

D'ici peu Césarine et moi resterons seules dans la maison et Minuit ne tardera pas à s'enfuir vers l'extérieur afin de vaquer à ses occupations favorites de maraude et de brigandage.

Après avoir été bien coiffée et rendue élégante par les mains expertes de notre servante, je me dirige prestement vers la bibliothèque et je prépare mes livres, mes cahiers, mes plumes et mes crayons car l'heure de mes leçons approche.

Comme tous les jours, Césarine s'occupera de la maison et du jardin qui en cette saison fournit surtout des carottes et des choux. Elle recevra le porteur d'eau et réceptionnera le bois pour le feu ; ensuite elle donnera ses ordres à la blanchisseuse, ira acheter diverses denrées alimentaires et enfin préparera le repas familial. A l'occasion, elle se rendra aussi à l'atelier de voilerie afin de prévenir mes parents d'un problème imprévu.

Brave Césarine ! A presque quarante ans elle est toujours aussi vive et alerte !

Quant à moi, je suis fin prête et j'attends mon précepteur. Sans doute ai-je bien de la chance d'être ainsi instruite, car à notre époque peu de jeunes filles peuvent bénéficier d'un tel enseignement. La plupart d'entre elles, et ce même au sein d'une famille bourgeoise, doivent se contenter d'exercer des tâches familiales d'intérieur, certes peu pénibles, telles les ouvrages, le canevas et la broderie, ou bien des activités artistiques comme la musique ou la peinture.

Mon cher précepteur m'enseigne donc diverses disciplines qui sont en principe réservées aux garçons. Cet homme est toujours élégant, ses manières sont raffinées, son instruction et sa culture sont grandes. Il est aussi très patient et n'élude aucune de mes questions. Avec lui, j'apprends la littérature, l'histoire, la géographie, le calcul et la géométrie. Bien qu'il ne soit plus vraiment jeune, car son âge avoisine les cinquante ans, il semble assez fort et sa taille est imposante. Je ne sais s'il a toujours exercé ce métier de précepteur, car j'ai souvent observé ses mains, elles sont épaisses et calleuses... ses cheveux mi-longs tirent sur le gris et ses yeux sont d'un bleu sombre et profond. Parfois, tout en me parlant, il lisse sa moustache dont les extrémités sont suffisamment longues pour être recourbées vers le haut, et comme durant mes leçons j'ai l'occasion de l'observer d'assez près, j'ai pu aussi remarquer qu'il existait une fine cicatrice bien cachée sous cette longue moustache... en cette saison hivernale, il porte un épais pantalon noir, une chemise bouffante d'un blanc immaculé, un gilet de velours beige et un long manteau, noir également, dont les épaulettes semblent un peu élimées ou griffées ; mais ce sont ses bottes qui m'impressionnent le plus car elles sont toutes les deux ornées d'une chaînette dont la matière s'apparente à de l'or. Enfin un superbe chapeau noir à large bord couvre sa chevelure et cache partiellement son visage des regards trop indiscrets. Sa jambe gauche l'oblige à boiter légèrement et il doit donc se déplacer à l'aide d'une canne, qu'il tient parfois curieusement comme on tient une épée...

Il y a quelques mois mes parents décidèrent de remplacer mon ancienne gouvernante, devant bientôt cesser ses activités d'éducation à domicile, par ce nouveau Monsieur qui venait d'arriver dans notre cité, après avoir exercé ce même métier de précepteur au profit d'enfants appartenant à des familles issues de la noblesse et vivant dans les lointaines colonies du royaume de France. Apparemment, le climat de ces régions ne pouvait plus lui convenir et c'est la raison pour laquelle il décida de vivre ici. Au vu de ses diverses recommandations, mes parents n'hésitèrent pas l'employer afin de parfaire mon instruction. Tout le monde pense qu'il n'a pas ou plus de famille, mais personne n'ose le questionner à ce sujet.

Mes leçons d'aujourd'hui porteront sur la géométrie, l'histoire et la géographie ; cette dernière discipline est de loin ma préférée, car lorsque j'entends parler de ces nombreux et mystérieux royaumes ainsi que de ces terres lointaines, je me sens comme transformée, transportée, et je pense ardemment à ces diverses explorations et découvertes. J'ai souvent l'impression d'apercevoir d'intenses couleurs, d'entendre des sons différents et de sentir des parfums inconnus.

Mon enseignement a lieu tous les matins, sauf le Dimanche, et habituellement durant l'après-midi je rejoins Mère à la voilerie afin qu'elle m'initie à certains travaux de broderie et de décoration ; j'apprends également à connaître la qualité et la texture des toiles, la découpe, l'assemblage ainsi qu'un aperçu de la négociation des commandes et des prix qui sont pratiqués dans cette activité.

— Mademoiselle Blandine ? Bonjour !

Je savais bien que mon précepteur allait arriver et pourtant je sursaute, car j'étais déjà partie très loin d'ici, naviguant au-dessus de la grande mappemonde dépliée sur le bureau, volant avec nonchalance au-dessus des océans...

Monsieur « De Saint Aloe », car c'est ainsi qu'il se nomme, bien que certains l'appellent « le Capitaine » tant il ressemble à un capitaine de marine, se tient debout à l'entrée de la bibliothèque et me sourit avec bienveillance.

— Eh bien, à quoi pensiez-vous Mademoiselle ? Etiez-vous occupée à préparer la leçon d'aujourd'hui ?

— Oui Monsieur, je regardais la mappemonde avec attention, et je m'intéressais aux longs voyages qu'avaient effectués les grands navigateurs durant les siècles passés.

— Mais savez-vous qu'afin de voyager loin il faut tout d'abord connaître la géométrie ? C'est donc par cet enseignement que nous allons commencer. Nous réviserons les propriétés du cercle et de la sphère, ensuite nous étudierons précisément le globe terrestre, avec ses méridiens et parallèles, et nous apprendrons ainsi à déterminer les coordonnées géographiques d'un lieu ; ensuite nous étudierons le régime des vents et les différentes circumnavigations effectuées par les anciens navigateurs que vous semblez tant admirer. Bien évidemment vous n'apprendrez pas tout cela en un jour, et plusieurs leçons seront nécessaires afin que vous puissiez assimiler correctement cet enseignement.

La leçon commence. Le ton de Monsieur De Saint Aloe est calme, posé, mais ses explications n'en sont pas moins complètes, détaillées, attrayantes et agrémentées de nombreux exemples. Il est certain que les matinées passées à étudier l'arithmétique, ou bien à apprendre des poèmes anciens m'intéressent beaucoup moins ! Mais aujourd'hui je me sens confiante, détendue et je rêve de lui poser la question qui me brûle les lèvres depuis si longtemps ; en effet, lorsque avec mes parents nous nous promenons à proximité du port, ou bien quand nous travaillons à la voilerie, nous ne pouvons éviter d'écouter certains marins ou capitaines, lorsqu'ils évoquent l'existence de ceux qu'ils nomment avec crainte « les frères de la côte ». Nous entendons même parfois les histoires des abominables exactions commises par ces brigands des mers que sont les pirates.

— Monsieur De Saint Aloe, je souhaiterais vous poser une question avant que vous preniez congé.

— Je vous écoute, Mademoiselle.

— Autrefois vous étiez précepteur dans les lointaines colonies de notre Royaume de France, et paraît-il, dans ces régions isolées, l'ordre ne règne pas comme ici. Je me demandais donc si vous connaissiez quelques récits concernant la piraterie, ou bien si vous-même avez eu l'occasion de rencontrer des pirates.

Mon précepteur qui était d'ordinaire souriant et agréable, sembla soudainement étonné et perplexe ; il lissa sa moustache et me répondit :

— Sans doute Mademoiselle cette question est bien saugrenue, surtout lorsqu'elle est posée par une jeune fille de bonne famille. Je pense que vous ne devriez pas vous intéresser à la société de ces gens-là qui finissent tôt ou tard au gibet, mais puisque vous me le demandez, sachez que j'ai cru quelquefois apercevoir des personnes qui pouvaient leur ressembler, notamment dans certains ports des Indes Occidentales. Néanmoins ces hommes de mauvaise vie sont particulièrement secrets et insondables. En outre il est particulièrement difficile de les distinguer de marins ordinaires ou de simples capitaines naviguant pour le compte de la marine marchande. D'ailleurs, Mademoiselle, nous ne pouvons jamais être absolument certains de l'identité réelle et de la qualité des personnages qui nous entourent, à moins d'effectuer une enquête sérieuse à leur sujet...

A la fin de son explication il me sourit de nouveau, mais à présent son œil me paraît quelque peu narquois.

— Ainsi se termine notre leçon d'aujourd'hui. Maintenant je dois prendre congé ; je reviendrai vous voir demain à la même heure. Je vous souhaite une bonne fin de journée Mademoiselle.

Monsieur De Saint Aloe se lève, me salue avec politesse, reprend sa canne et s'en va tranquillement.

Je reste seule dans la bibliothèque ; assise à ma place, je tourne et retourne mon crayon entre mes doigts. Je réfléchis à l'enseignement que je viens de recevoir et qui était fort intéressant ; néanmoins quelque chose ne cesse de m'intriguer. En effet, ma dernière question a semblé embarrasser mon précepteur. Pourtant il s'agit là d'un sujet trivial et bien souvent abordé parmi les individus qui fréquentent le port ! Mais soudain je réalise que je suis sans doute bien stupide de l'avoir posée, car mon précepteur préfère sûrement se consacrer à des propos plus instructifs ou culturels, et ne s'intéresse évidemment pas aux conversations inutiles des gens du peuple !

Le refus de Père

A présent que mes cours sont terminés, j'entends Césarine qui s'active à la préparation du repas de midi. Bientôt mes parents vont revenir de la voilerie, et il faut que tout soit prêt lorsqu'ils seront rentrés.

Comme tous les jours, afin de me détendre un peu de la concentration et du sérieux qui me sont nécessaires pour écouter l'enseignement proféré par Monsieur de Saint Aloe, je cours la rejoindre et aussitôt je lui demande si elle a besoin d'aide.

Notre servante se montre toujours très gentille et compréhensive en me confiant quelques menus travaux relatifs à l'élaboration de certains mets : râper un peu d'ail ou bien ajouter quelques gouttes d'huile d'olive ou encore parsemer du thym séché. Tout cela m'intéresse, car ces activités secondaires sont précisément celles qui contribueront à donner une saveur délicate à certaines recettes. Nous avons bien de la chance d'habiter au bord de la mer, car ainsi nous bénéficions souvent des produits de la pêche, qui arrivent à profusion tous les matins. En ce qui concerne la viande, Césarine connaît quelques chasseurs, et sans doute aussi des braconniers, qui sont toujours intéressés pour lui vendre lapins de garenne, canards sauvages, perdrix et à l'occasion quelques parts de sanglier.

Mais voici mes parents qui déjà sont de retour. Comme à l'accoutumée, ils échangent quelques mots avec Césarine au sujet des évènements de la matinée. Ils effectuent ensuite de menues ablutions sur leurs mains ainsi que sur leur visage et s'approchent enfin de la table qui est déjà servie. Nous nous asseyons tous les quatre ; Père et Mère président chacun aux extrémités, Césarine et moi-même sommes placées au milieu. Puis vient le moment du bénédicité et nous récitons pieusement :

— Bénissez nous Seigneur, bénissez ce repas, bénissez ceux qui l'ont préparé, et procurez du pain à ceux qui n'en ont pas, Ainsi soit-il.

Mes parents ont toujours bien apprécié Césarine. Ils l'ont habituellement considérée comme une personne de confiance, et donc bien davantage que comme une simple servante. Tout d'abord elle fût ma nourrice, ce qui lui a donné la possibilité de tisser des liens très forts avec mes parents et avec moi-même. Ensuite, son caractère vif, mais souple, discipliné et discret, lui a permis de devenir la confidente privilégiée de notre petite famille.

Nous l'aimons. C'est pour cette raison qu'elle prend tous ses repas avec nous, et d'ailleurs elle dispose aussi d'une chambre située au rez-de-chaussée de notre demeure, juste à côté de la pièce commune.

Mère m'a raconté qu'autrefois, avant d'entrer à notre service, Césarine avait été mariée à un valet de ferme qui décéda peu après leur union, lors d'un grave accident. Le jeune couple n'avait pas encore eu de premier enfant et elle-même n'avait ni frères ni sœurs ; en outre ses parents n'avaient pas survécu à une mauvaise fièvre, lente et sournoise, qui les avait terriblement amaigris et finalement consumés. Notre servante a repris goût à la vie lorsqu'elle entra dans notre maison, car nous étions devenus sa seule famille. Sans doute m'a-t-elle élevée et choyée comme si j'avais été sa propre fille.

Lorsqu'elle a terminé son service, elle est libre de sortir un peu avec ses quelques amies, veuves elles aussi. Elle va parfois se promener dans les environs, mais à son âge cela ne l'intéresse plus beaucoup. Bien que peu instruite, Césarine avait tout de même appris à lire grâce à l'aide de mes parents, et comme une partie de son travail consiste à entretenir la bibliothèque et les nombreux livres qui y sont entreposés, elle est également autorisée à consulter quelques ouvrages en ma compagnie, quand ses tâches habituelles sont terminées.

A peine sommes-nous installés que déjà nous entendons un léger grattement à la porte d'entrée, et Césarine doit se lever afin de laisser entrer Minuit. Comme à l'accoutumée, il vient quémander sa pitance de midi. Notre servante ou moi-même n'oublions jamais de lui préparer quelques restes que nous disposons dans une assiette laissée au coin de la pièce et accompagnée d'un bol d'eau fraîche.

Minuit s'y précipite, mange goulûment, et ensuite commence une sieste qui va durer une grande partie de l'après-midi, bien au chaud non loin de l'âtre, recroquevillé sur une vieille couverture conservée uniquement pour son usage.

Aujourd'hui notre repas est plutôt enjoué ; en effet, mes parents sont assez satisfaits des bonnes affaires qu'ils pensent réaliser dans un avenir proche en travaillant à la voilerie, mais bien évidemment ils évitent de trop afficher leur bonne fortune. Ils m'apparaissent particulièrement détendus et j'envisage donc d'aborder avec eux un sujet qui me tient à cœur depuis quelque temps ; ainsi je me hasarde à poser ma question :

— Père, pensez-vous qu'un jour je pourrai suivre les traces de mes frères et naviguer moi aussi ? Après avoir étudié les disciplines nécessaires, j'aimerais d'ici quelques années pouvoir exercer ce métier d'Officier de marine, évidemment ni au sein de la marine royale, ni pour les galères, mais plutôt au service de la marine de commerce...

Mes parents ainsi que Césarine apparaissent tout à coup assez surpris, ils cessent de manger et me regardent avec insistance. Je comprends immédiatement que j'ai sans doute parlé un peu trop vite ; j'aurais dû mieux préparer mon intervention, en commençant par aborder un sujet relatif aux navires et à leurs voiles, ensuite j'aurais pu poser diverses questions au sujet du métier exercé par mes frères. Il aurait été sûrement plus utile et efficace d'en parler un peu chaque jour, afin de mieux préparer mon auditoire à cette question fatidique !

Oui mais voilà, j'aurai bientôt seize ans et le temps passe vite, bien trop vite. Je ne veux pas gâcher mon avenir et perdre mon temps à faire des choses qui certes m'intéressent, mais qui ne sont pas assez excitantes au vu de mon imagination débordante, et surtout qui m'obligent à rester sur place au lieu de voyager et de découvrir le monde. Après tout pourquoi seuls les garçons pourraient-ils se déplacer et s'en aller où bon leur semble et pas les filles ?

Je sais bien que mes parents me destinent avant tout au mariage, comme toute jeune fille bien née, et ils veulent aussi me voir prendre leur suite à la voilerie. Je sais également qu'ils souhaitent me protéger. Ils imaginent pour moi une vie douce et confortable, une vie encore meilleure que celle de Mère. Leurs efforts sont louables et leur affection est grande, mais malheureusement ils ne connaissent ni mes goûts, ni mes attirances, et encore moins mes rêves...

Père me regarde d'un air grave et se décide enfin à me répondre :

— Blandine, ma fille, ta question est bien déraisonnable ! Apprends tout d'abord que tes frères ont dû exercer ce difficile métier d'Officier de marine plus par nécessité que par goût. En effet, nous sommes une grande famille et la voilerie, bien qu'étant une entreprise fructueuse, n'a pu à elle seule subvenir à nos besoins. Il a bien fallu que tes frères aînés, après avoir acquis les connaissances nécessaires, partent naviguer afin de gagner leur vie. Ensuite, tu devrais savoir que les métiers des gens de mer sont réservés aux hommes, car ce sont des métiers particulièrement durs et qui nécessitent une certaine force physique, un grand courage, une volonté sans faille ainsi qu'une autorité incontestable ! Vois-tu, ce ne sont même pas tous les hommes qui bénéficient de telles qualités, mais seulement une très faible proportion d'entre eux, alors une jeune femme, c'est hors de question !

Après avoir regardé Mère, comme pour vérifier son approbation, il poursuit :

— Néanmoins, à bord de certains navires, et pour des missions sans danger et de courte durée, quelques épouses de capitaines ou d'officiers peuvent être exceptionnellement autorisées à accompagner leur mari. C'est bien la seule opportunité qui peut permettre à une femme d'embarquer sur un navire ! En conclusion ma fille, profite bien de l'enseignement que te dispense ton précepteur, et qui nous coûte d'ailleurs assez cher, car plus tard tu pourras ainsi devenir une épouse convenable et une mère sérieuse ; tu pourras aussi briller au sein de la bonne société, mais plus important encore, tu seras capable, avec l'aide de ton futur mari, de diriger la voilerie et d'assurer ainsi la continuité de notre activité familiale lorsque nous ne serons plus là.

Père a longuement parlé de sa voix grave, sans passion ni colère, et Mère l'a constamment soutenu du regard. Césarine a baissé les yeux, car elle était sans doute un peu gênée d'entendre une telle conversation, mais je sais aussi qu'elle approuve totalement mes parents. La conversation est donc close et je ne pourrai sûrement jamais poser de nouveau cette question.

Dans ma famille, je suis la seule fille et en plus, comme disent certains, je suis la petite dernière ! En effet, j'ai trois frères aînés qui ne vivent plus chez nous depuis longtemps ; ils sont Officiers de marine et sans doute deviendront-ils, lorsqu'ils auront acquis davantage d'expérience, de brillants Capitaines. Mes frères sont embarqués sur différents navires, deux d'entre eux naviguent pour le compte de la marine de commerce et le troisième, le plus jeune, est engagé dans la Marine Royale. Ce dernier, âgé de vingt ans et nommé Christophe, apprend son futur métier en tant qu'Officier aspirant au sein de cette marine de guerre en pleine reconstruction, et dont l'une des missions consiste à la protection dans l'océan Indien de la Compagnie Française des Indes Orientales. Plus âgé que lui d'environ trois ans, mon frère Philippe, avec un grade de second Enseigne dans la Compagnie d'Occident, est un marin au long cours et navigue le plus souvent vers les Amériques. Enfin Samson, l'aîné de nous quatre, âgé d'à peine plus de vingt-cinq ans, mais déjà second Lieutenant, effectue principalement des transports commerciaux en Méditerranée, en provenance et à destination des royaumes de barbarie et du levant.

De temps à autre nous recevons des lettres écrites par les deux plus jeunes, mais elles mettent parfois des semaines ou des mois à nous parvenir ; nous les lisons et relisons avec joie, car ces missives sont les seuls liens que nous pouvons maintenir avec eux. Nous espérons aussi que nos lettres qui leurs sont destinées ne se perdent pas en route ! Samson n'écrit pratiquement jamais car il est celui qui revient chez nous le plus fréquemment ; d'ailleurs nous devrions le voir débarquer dans notre port d'ici quelques jours...

Mon cadeau d'anniversaire

Mais je vois que Père se prépare à reprendre la parole, sans doute va-t-il poursuivre un peu son sermon au sujet de mon avenir...

— Cependant Blandine, il n'avait pas échappé à ta mère ainsi qu'à moi-même, que tu étais toujours particulièrement admirative devant ces grands et beaux navires, notamment lorsqu'à l'occasion d'une promenade sur la jetée, nous pouvions tous ensemble contempler les manœuvres élégantes de ces géants des mers. De même, nous t'avons souvent aperçue, rêveuse autant qu'émerveillée, scrutant depuis chez nous les différents bateaux amarrés dans le port.

Père marque une pause en sirotant son verre de vin. Je ne le quitte pas des yeux et j'attends la suite avec curiosité, tandis que Mère me regarde à présent avec tendresse...

— Ainsi, bientôt tu atteindras l'âge de seize ans et nous avions donc prévu de te faire une petite surprise, car nous sommes tout de même très satisfaits de toi. Tu es une élève sérieuse et disciplinée, et tu nous aides aussi de façon efficace à la voilerie. Tu sais que ton frère Samson va bientôt rentrer au port et il demeurera chez nous environ deux semaines. Ensuite, il devra repartir pour un autre périple en Méditerranée, tout d'abord vers l'île de Malte et finalement vers la république de Venise.

Père a toujours eu un don certain pour réaliser de longues tirades mais de temps à autre il faut bien qu'il reprenne son souffle ! Après un court instant, il poursuit :

— Sur ce navire il y aura, en plus des marchandises habituelles, quelques passagers ; des notables évidemment mais aussi l'épouse du Capitaine ainsi que les femmes des Officiers. Ce voyage, plus bref qu'à l'ordinaire, ne représentera pratiquement aucun risque et sa durée totale ne devrait pas dépasser une douzaine de jours.

Père s'interrompt de nouveau et je devine à présent que mes parents sont complices au sujet de l'annonce qui est sur le point de m'être faite ; en effet, la suite de ce petit exposé est dorénavant confiée à Mère, qui prend donc la parole d'une façon enthousiaste :

— Ainsi que ton père vient de l'expliquer, nous fêterons ce mois-ci ton anniversaire et ce n'est pas tous les jours qu'on atteint l'âge de seize ans ! Afin de marquer cet événement d'une manière digne et mémorable, nous avons prévu, si cela t'intéresse, de t'associer et tant que passagère au prochain voyage de ton frère aîné. Nous en avions déjà parlé au Capitaine de son navire, ainsi qu'à Samson lui-même, et tout semble s'organiser à merveille. Evidemment tu bénéficieras d'une petite cabine pour toi toute seule. Ce voyage, qui devrait plus ou moins longer les côtes, te permettra d'admirer différents territoires, sans compter qu'à l'arrivée tu auras le privilège de visiter la prestigieuse cité lacustre de Venise, en compagnie de ton frère et des Officiers du navire ainsi que du Capitaine et de son épouse.

Dès que Père avait commencé à s'exprimer j'avais bien compris que quelque chose de peu banal allait être annoncé, mais lorsque Mère eut dévoilé ce projet de voyage, je me sentis sensiblement rougir et je perçus qu'une douce chaleur commençait à m'envahir. Ainsi ma surprise, mon émotion et ma joie furent telles que je ne pus prononcer un seul mot. De l'autre côté de la table, juste en face de moi, Césarine m'avait regardé d'un air entendu et gentiment elle s'était mise à sourire. Maintenant je réalise qu'elle devait sans doute être dans le secret, mais évidemment elle ne m'avait rien dit !

Je reprends mes esprits, et non sans émoi, je décide de rompre le silence...

Bien que dans notre milieu familial, il m'ait parfois été conseillé de ne pas apparaître trop expansive et surtout de ne pas montrer mes émotions, je suis bien aise dans le cas présent de laisser parler mon cœur ! Je quitte donc ma place et je me dirige tout d'abord vers Mère, je pose mes mains sur ses épaules, je laisse glisser mon visage contre le sien et je l'embrasse tendrement sur la joue.

— Oui Mère, ce voyage m'intéresse et cela me comble de bonheur !

Je me retourne ensuite vers Père, situé à l'autre extrémité de la table, et je lui souris. Evidemment je ne peux me comporter d'une façon aussi familière avec notre chef de famille, mais néanmoins j'apprécie son estime ainsi que l'éloge qu'il vient de réaliser au sujet de mon travail.

Grâce à ses paroles et à la confiance qu'il m'accorde, je suis fière de pouvoir quasiment me considérer comme une adulte.

— Père, je vous remercie pour la considération dont vous faites preuve à mon égard. Ce projet de croisière en Méditerranée, comportant comme destination finale Venise, satisfait toutes mes espérances et devance aussi mes souhaits les plus audacieux. En outre, l'idée même de voyager en compagnie de mon cher frère aîné, servant comme Officier sur ce navire, me remplit de joie !

L'émotion que je ressens m'a obligée à parler rapidement et je dois me calmer un peu avant de poursuivre :

— Merci pour ce beau cadeau d'anniversaire ! Vous pouvez être assuré que jusqu'à la date du départ, je poursuivrai mes leçons de façon assidue et je redoublerai d'efforts afin de vous aider au mieux à la voilerie. Bien entendu, je m'activerai aussi dans mes préparatifs et ils seront nombreux, car je n'avais jamais envisagé un tel voyage auparavant. Je tiens également à ce que ma présence à bord de ce navire soit appréciée de tous ; à cet effet, je veillerai à ce que mon maintien et mon attitude soient en permanence irréprochables afin que vous-même, notre famille et mon frère Samson puissent toujours se sentir fiers de moi.

Ainsi, notre repas se termine dans l'allégresse ; bientôt Père et Mère retourneront à la voilerie et comme tous les après-midi, je les rejoindrai sans tarder afin de les aider.

L'œil de Satan

Deux semaines à attendre ! J'espère qu'elles passeront vite ! J'essaierai de m'occuper au mieux ; enfin comme à l'accoutumée, car mes activités sont nombreuses. Il faudra aussi que je prépare soigneusement ma malle et pour cela Césarine me fournira une aide précieuse.

Tout de même, un voyage d'une douzaine de jours cela ne s'improvise pas. Je dois sélectionner les tenues et les atours que je mettrai dans ma garde-robe, et ainsi j'apparaîtrai toujours élégante et raffinée en présence du Capitaine, des Officiers et de leurs épouses.

— Mademoiselle, il est temps de vous rendre à la voilerie, voulez-vous que je vous accompagne ?

— Non merci Césarine, je m'y rendrai toute seule, j'avais un peu oublié l'heure car je pensais déjà à mes préparatifs !

— C'est bien naturel, une telle nouvelle ! Cela a de quoi vous troubler ! Mais je vous aiderai, ne vous inquiétez pas !

Pour se rendre à la voilerie il existe deux itinéraires distincts, le plus court, le plus logique et le plus sûr longe le port et les quais mais il est de loin le plus désagréable, car on y croise beaucoup de monde et tous ces gens, ces marins, ces apprentis, ces marchands se permettent toujours de regarder avec curiosité une jeune fille bien mise... Quelquefois ils s'autorisent même à l'interpeller et à la flatter, ce que je trouve particulièrement grossier et désagréable ! En outre, peu avant l'arrivée, on ne peut éviter de se trouver très proche de la devanture du maître tisserand, et comme par hasard, à ce moment précis, son fils cadet à peine plus âgé que moi apparaît toujours souriant sur le seuil de leur échoppe pour me glisser à l'oreille quelques mots doux mais que je trouve vraiment superflus et ennuyeux.

Le second chemin, quant à lui, est bien plus long, scabreux et sinistre mais tellement plus calme ; en outre, il me permet d'éviter la rencontre journalière avec ce stupide garçon ! Il faut, une fois sorti de la maison, en faire immédiatement le tour et emprunter une ruelle mal pavée, sale et sordide qui serpente en montant légèrement vers une petite colline habitée de maisonnettes insalubres, pour redescendre ensuite vers le port et la voilerie, dans laquelle on peut ainsi entrer par la porte de derrière.

Le plus souvent je préfère emprunter cette deuxième voie, évidemment en cachette de mes parents et de Césarine, car ceux-ci ne voudraient pas que je me déplace seule dans une ruelle aussi délaissée. Aujourd'hui, je choisis donc tout naturellement de suivre ce chemin-là ; je marche vite, mes pas sont légers et je me sens heureuse.

Je descends allègrement la dernière partie de cette ruelle, et je suis presque arrivée à la voilerie dont je commence à distinguer la petite porte de derrière quand je perçois, approchant rapidement dans mon dos, des bruits de pas et des sons de voix enrouées et vulgaires...

J'ai à peine le temps de me retourner que déjà trois hommes de mauvaise allure me font face, l'air moqueur ; ils se préparent sans doute à m'entraîner avec eux et à s'amuser de moi. L'un d'eux s'exclame :

— Elle est bien mignonne cette petite et regardez-moi cette robe ! Mais que fabriques-tu donc toute seule ici, beauté ? Cherches-tu un peu de compagnie ? Eh bien tu l'as trouvée, regarde comme tu as de la chance, nous sommes là rien que pour toi !

Leurs rires redoublent d'intensité, et celui qui paraît être le chef de cette petite bande saisit brusquement ma main et me tire violemment vers lui. Puis il approche son visage ; son haleine empeste l'alcool et ses dents sont toutes gâtées. L'émotion intense que je ressens à cet instant m'empêche de crier et d'appeler à l'aide ; de toute façon qui pourrait venir me porter secours ?

Mais soudain j'entends un fouet qui claque violemment sur le sol et je me rends compte qu'un autre individu remonte prestement la ruelle. Curieusement mes agresseurs semblent terrifiés et ils reculent ; le fouet claque de nouveau, je m'écarte vers le côté tandis qu'un homme de grande taille et tout vêtu de noir passe très près de moi. Je ne peux l'identifier car je vois uniquement son dos, mais un nouveau coup de fouet vient lacérer le visage du vaurien qui a osé m'aborder ; cet homme blessé se met à genoux et tente de protéger sa face avec ses mains, tandis que ses compagnons commencent lâchement à s'enfuir vers le haut de la ruelle. Cependant le fouet de ce mystérieux individu est si long qu'il peut encore atteindre le bas de leurs jambes et finit par s'enrouler autour d'elles, ce qui ne manque pas de les faire tomber lourdement sur le sol. L'homme vêtu de noir attrape alors par l'épaule le vaurien qui est toujours à genoux et il le traîne avec force et sans ménagement vers les deux autres ; lorsqu'enfin il les rejoint, il leur chuchote à tous les trois quelque chose que je ne peux comprendre. Néanmoins celui dont le visage a été lacéré s'exclame de façon fébrile :

— Sacrebleu, c'est l'Œil, l'Œil de Satan ! Oui Maître, nous n'y reviendrons plus, plus jamais, nous jurons !

Et ils crachent par terre avant de s'enfuir pour de bon.

Mon étrange bienfaiteur range promptement son long fouet et s'en va lui aussi vers le haut de cette maudite ruelle.

Je n'ai jamais pu savoir qui était cet homme énigmatique et d'ailleurs je me suis bien préservée de relater cette mésaventure à ma famille. Toutefois, lorsqu'en insistant sur le courage de cet individu, j'ai raconté plus tard cette surprenante histoire à mon précepteur, qui est un monsieur perspicace et digne de confiance, j'espérais bien qu'il me soumette quelques indications au sujet de ce personnage mystérieux, car dans cette ville il semblait connaître beaucoup de monde... Bien au contraire, les propos de Monsieur De Saint Aloe étaient restés vagues. Il demeura songeur à l'écoute des mots « Œil de Satan », qu'il répéta ensuite lentement et distinctement. Il insinua aussi d'un ton malicieux que ma description de cet homme pouvait éventuellement correspondre à celle d'un Chevalier, et que fort justement un vrai Chevalier n'avait pas besoin de beaucoup de courage pour s'attaquer à des marauds ! Enfin il me déconseilla vivement d'emprunter de nouveau ce dangereux passage. Par bonheur j'ai bien vite oublié cette funeste aventure et dorénavant je me rendrai à la voilerie en passant uniquement par les quais ! Après m'être un peu remise de mes émotions et en essayant d'arborer un visage le plus radieux possible, j'entre finalement dans la voilerie par la porte de derrière et je rejoins Mère qui est déjà très affairée avec ses ouvrières.

Tout au long de cet après-midi mon entrain est grand et malgré cette mésaventure, mon enthousiasme est sans limites ! Je m'efforce de travailler vite et de réaliser au mieux les tâches demandées ; en effet, certains propriétaires de vaisseaux souhaitent parfois agrémenter et décorer les voiles qui se remarquent le plus, celles situées en haut des mâts et qui portent de poétiques noms d'oiseaux : Perroquets, Cacatois et Perruches.

Il faut dessiner les motifs, choisir les fils adéquats, sélectionner les différentes couleurs et ensuite commencer les délicats travaux de finition et de broderie. A présent cette activité que je trouvais parfois rébarbative me comble de joie !

Il faut bien admettre que ce n'est pas tous les jours qu'il m'est annoncé une telle nouvelle, une « surprise » si rare. Tout ceci me donne du cœur à l'ouvrage ! Sans nul doute cette quinzaine de jours qui me sépare du grand départ s'écoulera bien vite...

En cette fin d'après-midi, l'itinéraire que je n'appréciais guère, mais que j'emprunte désormais afin de retourner vers notre demeure familiale, me calme et me rassure.

Le port est particulièrement animé, j'éprouve même parfois du mal à me frayer un chemin parmi cette foule dense et grouillante. Je marche lentement, en regardant les gens qui m'entourent et même parfois il m'arrive de me retourner ; je suis passée le plus rapidement possible devant l'atelier du Maître Tisserand, par chance son fils était absent, il n'a donc pas pu venir m'importuner !

En permanence mes pensées m'éloignent du moment présent et me guident continuellement vers ce merveilleux voyage que je vais bientôt accomplir...

Chapitre II – Le voyage

L'arrivée du « Lacydon »

En ce clair matin de Printemps, en ce beau Dimanche du mois de Mai et peu après la fin de la messe, Père, Mère et moi-même sortons promptement de l'église. Contrairement à nos habitudes nous ne prenons pas le temps de discuter avec nos amis et nos connaissances, nous nous dirigeons joyeusement vers la jetée sur laquelle Césarine vient juste de nous rejoindre.

Ce jour, nous ne sommes pas les seuls à admirer la mer ! Une foule imposante est venue se masser sur la digue et aux abords de la zone portuaire. En ville, l'effervescence est à son comble. L'impatience est papable au sein des familles de marins, car aujourd'hui n'est pas un jour comme les autres, aujourd'hui nous célébrons le retour du splendide trois-mâts sur lequel mon cher frère Samson avait embarqué cet hiver dernier. Ce géant des mers, le majestueux « Lacydon », sera en vue d'un moment à l'autre. L'horizon est dégagé et à peine souffle-t-il une légère brise de Nord, ainsi la progression du navire sera lente mais toujours régulière.

A présent, tous les regards se sont tournés vers le Sud-ouest, et c'est précisément dans cette direction que nous pourrons tout d'abord apercevoir les immenses voiles blanches qui se détacheront tout doucement du fond bleu de l'infini lointain.

Père a sorti sa superbe longue-vue en bronze, décorée de motifs dorés et agrémentée de cuir pour une meilleure préhension. Il lorgne avec attention l'horizon en effectuant de légers mouvements latéraux. Je ne sais si un jour il daignera me confier définitivement ce superbe instrument mais peut-être cela se produira-t-il juste avant mon départ, qui sait ?

En attendant l'apparition de ce vaisseau, je me plais à observer la côte rocheuse bordant la frange de terre qui s'étend depuis les dernières maisons de pêcheurs jusqu'aux profondes criques sauvages situées plus au Sud. Certains de ces rochers sont si blancs que parfois, observés à une certaine distance, ils ressemblent à de la neige fraîchement tombée sur le sol, mais bien évidemment chez nous la neige n'est visible que très rarement, seulement durant certains hivers particulièrement rigoureux. Lorsque le ciel est clair et dégagé comme aujourd'hui, lorsque le soleil brille de tous ses feux, cette côte semble en permanence miroiter en renvoyant la lumière avec puissance dans toutes les directions ; d'ailleurs non loin d'ici, il existe un lieu assez sublime pour que les anciens l'aient surnommé « les miroirs de récifs blancs ». Sans nul doute, les équipages approchant notre cité après un long et pénible voyage au milieu des flots doivent contempler avec surprise et bonheur ces espaces de blancheurs immaculées qui défient le temps...

— Navire en vue ! s'écrie joyeusement Père en tendant sa lunette magique vers Mère qui à son tour s'empresse aussitôt de scruter l'horizon ; quelques larmes d'émotion apparaissent dans ses yeux lorsque enfin elle me confie avec soin la longue vue tant désirée.

A l'intérieur de l'image circulaire qui s'est maintenant formée dans la lunette je commence effectivement à distinguer les grandes voiles blanches qui lentement tirent le somptueux bateau vers son port d'attache.

Père s'exclame alors :

— D'ici une heure ou deux il sera enfin chez lui !

La longue vue est également prêtée à Césarine qui pousse un gloussement de surprise dès qu'elle aperçoit le navire s'avançant dans le lointain ; elle nous sourit bien gentiment en s'excusant de ne pouvoir rester plus longtemps, mais les derniers préparatifs pour l'accueil de mon frère et pour le repas qui va suivre ne peuvent plus attendre.

Le magnifique « Lacydon » est maintenant visible à l'œil nu mais sa vitesse est lente car le vent du Nord est faible et afin de pouvoir s'orienter correctement vers l'entrée du port, ce navire est obligé de tirer plusieurs interminables bordées.

Tous les gens massés sur la jetée commencent à se diriger tranquillement en direction du quai le long duquel le vaisseau ira soigneusement s'immobiliser et procédera enfin aux délicates opérations d'amarrage. Nous attendons encore un peu car maintenant nous distinguons bien quelques marins qui sont à la manœuvre sur le pont, mais pour l'instant nous ne pouvons pas encore les identifier ; finalement nous rejoignons la foule et essayons de nous frayer un passage au milieu de cette marée humaine. Non sans mal nous parvenons à proximité du quai principal et Père ne manque pas de nous expliquer le déroulement de la manœuvre : le navire qui avançait encore un peu sur sa lancée, est déjà en train de s'immobiliser car dorénavant ses voiles sont carguées ; les aussières, promptement envoyées par les matelots depuis le pont supérieur et solidement amarrées par les hommes travaillant au port, ont achevé de l'immobiliser. Les ancres peuvent être descendues et elles vont finir par s'accrocher à quelque rocher situé dans le fond du bassin ; les passerelles de débarquement sont finalement mises en place et certains marins, du moins ceux qui n'ont plus aucune utilité à bord, commenceront à quitter le navire, mais d'autres devront encore demeurer sur place afin de s'acquitter des diverses tâches qui leur incombent, telles l'entretien et les réparations ou bien la manœuvre des palans et le déchargement de la cargaison.

Sur le quai, les hommes solides et vigoureux que sont les débardeurs sont dès maintenant en place, certains d'entre eux attendent le déchargement des marchandises lourdes quand d'autres montent à bord afin de transporter sur leur dos les colis plus légers ; quant aux grutiers ils vont bientôt commencer à manœuvrer les lourdes grues à roues à main.

En ce qui concerne les badauds dont nous faisons partie, ils ne pourront plus demeurer sur ce quai et trop près du bateau, car ils risquent de gêner les opérations en cours et aussi peut-être de subir un accident.

Père nous dit qu'habituellement, le Capitaine et ses Officiers sont les derniers à quitter le navire, car même à quai, ils sont toujours en charge du commandement mais aussi de l'accueil à bord des agents de la compagnie maritime et des divers représentants de l'autorité portuaire, et il ajoute :

— Il en est malheureusement de même en cas de naufrage, ceux qui commandent sont toujours les derniers à quitter le bord !

J'espère secrètement que cette triste éventualité de se produira jamais !

Nous revenons donc tranquillement vers la maison en nous retournant de temps à autre, et nous allons nous préparer à attendre mon frère Samson qui ne devrait pas tarder à arriver. A cet effet, Césarine a déjà mis en place quelques chaises juste devant le pas de notre porte, car aujourd'hui est une bien belle journée et nous pouvons donc agréablement patienter à l'extérieur.

Samson

Le soleil nous éclaire de ses rayons chaleureux tandis que sur le port la foule devient de moins en moins dense ; je me mets debout afin de mieux distinguer ce qui se passe.

Comme s'il s'agissait d'une visière, je dispose ma main au-dessus de mon front et ainsi je parviens à masquer un tant soit peu la lumière du soleil qui n'est jamais très haut en cette saison.

Quelques groupes d'hommes commencent à approcher et soudain, parmi l'un de ces groupes, j'aperçois enfin mon cher frère Samson ; deux hommes d'équipage l'accompagnent, ils sont chargés de sacs qui paraissent volumineux et lourds. Samson se trouve au milieu d'eux et je l'identifie rapidement du fait de sa grande taille ; en effet, il semble les dépasser de quelques pouces et il est aussi vêtu de son magnifique uniforme d'Officier de marine. Cette belle tenue, outre sa stature, contribue à le différencier facilement des deux simples matelots qui l'entourent.

Je lui fais un signe de la main, aussitôt il m'aperçoit et agite lui aussi sa propre main, mais plus discrètement ; je comprends bien qu'un Lieutenant ne peut pas se laisser aller en public à une attitude trop exubérante ! Comme il se rapproche, je peux maintenant voir qu'il me sourit gentiment et je me plais également à admirer cette belle tenue de couleur bleue sombre agrémentée d'épaulettes dorées, tenue qui lui va si bien et qui le rend si majestueux !

Père et Mère se lèvent à leur tour et Césarine qui devait de temps à autre observer par la fenêtre ce qui se passait à l'extérieur, accourt nous rejoindre sur notre petite terrasse improvisée. Enfin je m'avance vers mon frère qui est maintenant tout près de nous ; je ne peux résister au plaisir de poser mes mains sur ses hautes épaules et arborant un large sourire, je m'exclame :

— Bonjour Samson, tu nous as manqué, nous avons beaucoup pensé à toi, sois le bienvenu dans ta maison !

Père, Mère et Césarine l'honorent à peu près du même compliment...

A son tour, après avoir remercié les deux matelots qui l'accompagnent, il adopte une attitude enjouée et nous embrasse chacun chaleureusement ; ensuite, de sa voix sérieuse et posée il nous dit :

— Moi aussi, à l'issue de cette période d'absence, je suis très heureux de vous revoir et je me réjouis de revenir enfin dans ma ville natale, au sein de ma propre famille. Ces quelques jours que nous passerons ensemble me comblent de joie mais il faudra également penser à bien préparer le prochain départ.

Samson marque une pause, il me prend la main et aussitôt il poursuit :

— Cependant le voyage qui s'annonce sera moins long qu'à l'accoutumée, en réalité ce sera plutôt un voyage d'agrément, mais dont le but est aussi diplomatique. Néanmoins cette fois-ci, je n'aurai pas l'impression de quitter ma famille car ma chère sœur Blandine m'accompagnera...

Mon frère aîné a toujours été quelqu'un de sensé, d'agréable et de raisonnable ; ce qu'il vient d'exprimer est conforme à l'homme bon et à l'Officier honnête qu'il est devenu. Je dois avouer que je me sens assez fière et aussi entraînée vers une certaine grandeur lorsque je me trouve en sa présence ; en réalité il a toujours représenté pour moi un modèle ou bien un maître à penser, et c'est un peu pour cette raison qu'il m'était venu à l'idée d'embrasser la même carrière que lui, mais Père m'en a dissuadée et Samson aurait sans nul doute fait de même.

Notre Dimanche se déroule au mieux et nous prenons le temps de déguster notre succulent repas, habilement préparé par Césarine. Père et Samson discutent volontiers de détails techniques concernant évidemment le gréement et les voiles du bateau sur lequel mon frère occupe cette fonction d'Officier.

D'ici quelques jours, lorsque l'ambiance à bord de ce navire se sera un peu calmée, nous aurons l'occasion d'effectuer une première visite de cet imposant voilier et je suis absolument sûre que Samson ne manquera pas de m'expliquer tout ce qui pourrait m'intéresser pour mon futur voyage, et aussi de répondre à mes diverses questions.

Ainsi, le Dimanche suivant et selon ce qui était prévu, Samson nous conduit à bord et nous pouvons donc bénéficier d'une visite assez complète de ce magnifique bateau.

Une fois embarqués sur ce grand voilier qui attend docilement à l'intérieur du port, nous constatons cette fois-ci que le nombre d'hommes d'équipage est réduit, cependant la présence de certains d'entre eux est tout de même rendue nécessaire afin d'assurer la garde et la surveillance, ainsi que les indispensables travaux d'entretien qui sont toujours essentiels sur un bâtiment de cette valeur et de ce tonnage.

Dès notre arrivée à bord le Capitaine nous accueille chaleureusement, mais après s'être poliment excusé il laisse à mon frère le soin d'organiser lui-même la visite, car en tant que Commandant de ce vaisseau il doit le plus souvent s'acquitter de diverses tâches importantes.

Le « Lacydon » est un très beau navire ! Mon frère Samson nous dit qu'il s'agit d'une « Flûte », qui tout d'abord est un bateau de conception hollandaise principalement utilisé pour le transport de marchandises ; néanmoins celui-ci a dû ensuite subir de nombreuses modifications afin de pouvoir accueillir dans des conditions acceptables quelques passagers supplémentaires et aussi à l'occasion des invités de marque.

Je ne sais pas grand-chose au sujet de l'agencement des diverses embarcations qui naviguent en Méditerranée ou ailleurs, toutefois d'après ce que j'ai compris des explications données par mon frère, cette Flûte, dont l'appellation me fait plutôt sourire, ressemblerait à un Galion, mais en beaucoup plus petit ; c'est donc un bâtiment qui présente un aspect assez galbé, avec des flancs arrondis, et qui prétendument tient bien la mer en assurant un confort convenable grâce à la stabilité que ses formes particulières lui procurent. Par contre sa vitesse n'est pas spécialement rapide, en effet il ne devrait atteindre au maximum que dix ou douze nœuds, en naviguant toutes voiles dehors et correctement orienté par rapport au vent.

Le tonnage marchand de ce navire a été volontairement réduit car il possède tout de même un armement conséquent. Il a aussi été aménagé d'une façon particulière afin de pouvoir efficacement riposter en cas d'attaque ; en effet, il totalise seize canons de dix-huit livres chacun, dont deux canons de chasse et deux de fuite, et ses munitions sont nombreuses. Il est évidemment recommandé que les bâtiments de commerce soient bien armés car la Méditerranée est une mer peu sûre du fait des pillages fréquents commis par les épouvantables flottes barbaresques ! Malgré cet équipement de défense, ce bateau peut également entreposer dans ses cales environ deux-cents tonneaux de marchandises.

La conduite de ce navire nécessite une trentaine d'hommes d'équipage qui parviennent ainsi à manœuvrer efficacement les gréements présents sur ses deux grands mâts ainsi que sur le mât d'artimon, le plus petit situé à l'arrière ; en cas de besoin tous ces hommes peuvent aussi manipuler les canons et assurer sa protection.

Ce bateau dispose d'un gaillard d'avant et d'un gaillard d'arrière en dessous duquel se trouve la confortable cabine du Capitaine, qui communique grâce à un petit couloir avec la majestueuse salle du conseil ; comme ce navire est parfois sensé transporter en supplément quelques passagers importants, plusieurs autres cabines ont été aménagées dans le même emplacement situé à l'arrière. Ainsi, la chambre que j'occuperai durant tout le voyage se trouve très proche de celle de Samson, qui partagera la sienne avec un autre Officier, célibataire lui aussi.

Pour le moment, mon frère aîné, à l'instar de mes deux autres frères Christophe et Philippe, n'est ni fiancé ni marié. La plupart du temps, tous les trois partent naviguer pendant de longues périodes et assez loin de notre cité, néanmoins cette vie faite de voyages permanents semble bien leur convenir et par conséquent ils ne pourraient sans doute pas devenir des époux très présents dans leurs foyers ; d'ailleurs mes parents disent souvent que ces jeunes gens ont bien le temps de penser à tout cela, et Samson d'ajouter : « ma vraie fiancée c'est la mer, oui, la mer toute entière. »

Au revoir ma cité Phocéenne...

Ces derniers jours se sont déroulés bien vite car outre mes leçons et mes tâches habituelles, il a été nécessaire que je m'occupe sérieusement de mes préparatifs. Mère et Césarine m'ont d'ailleurs bien aidée et Samson a su efficacement me conseiller quant à l'organisation de la vie à bord et les vêtements qu'il convenait de porter ; il n'a pas manqué de préciser que tout au long de l'année, évidemment lorsque le temps le permettait, les dames qui étaient désireuses de se promener sur le pont principal ou sur l'un des deux gaillards, devaient veiller à se munir d'un châle et aussi à porter un chapeau ainsi que des gants.

Ce début du mois de Mai est particulièrement tempétueux ; le vent, parfois violent, qui souffle en provenance du Sud ou bien de l'Est nous a apporté beaucoup de pluies et a retardé notre départ de quelques jours. Cependant, aujourd'hui, une légère accalmie devrait nous permettre de quitter le port dès ce matin et donc, obéissant aux ordres de mon frère, quelques matelots se présentent à notre porte dans le but de charger les sacs qu'il doit prendre avec lui pour ce voyage ainsi que la malle qui contient tous mes effets ; l'heure est enfin venue de quitter notre maison, je dis chaleureusement au revoir à Césarine et c'est en compagnie de Samson et de mes parents que je me dirige avec entrain vers le quai d'embarquement. Mais soudain, à peine arrivée à mi-chemin, je m'aperçois avec stupeur que j'ai oublié de prendre mon bracelet en or auquel je suis tant attachée ; il m'a été offert quelques années auparavant et sur ce magnifique bijou est gravé mon prénom, « Blandine », gravé pour l'éternité ! Je ne l'ai que peu porté parce que c'est une pièce de grande valeur et je n'ai jamais voulu prendre le risque de le perdre ou bien de me le faire voler, mais précisément ce voyage constitue une grande occasion pour enfin pouvoir orner mon poignet de ce merveilleux objet. Je me mets donc à courir vers notre demeure afin de le récupérer au plus vite. Enfin parvenue devant notre maison familiale, j'entre rapidement dans la pièce commune mais je ne vois pas Césarine qui doit être sûrement occupée au jardin, je monte en vitesse l'escalier conduisant à ma chambre et j'ouvre prestement le tiroir de la commode dans laquelle je cache mes richesses ; je trouve rapidement mon si précieux bijou et c'est avec fierté que je le passe à mon poignet. Je peux à présent m'en retourner vers le navire mais désormais je me contente de marcher car suite à la dernière averse, le sol plus ou moins gras était aussi devenu glissant ; bien qu'ayant failli trébucher plusieurs fois durant ma course à l'aller, j'ai toujours pu éviter de tomber et je ne tomberai pas non plus au retour !

Lorsque je parviens enfin à proximité du quai, je remarque avec curiosité une femme, une gitane d'âge moyen qui est assise sur un banc. De longs cheveux noirs entourent son visage au teint hâlé tandis qu'un sourire charmeur découvre ses belles dents blanches. Elle porte une longue robe ainsi qu'un foulard qui lui sert aussi de coiffe et ses vêtements découpés dans un tissu soyeux sont multicolores. Ses bijoux sont nombreux et variés : collier à trois rangs avec pétale dorée, large bracelet en argent, boucles d'oreille pendantes en forme de plumes. Pendant un court instant je l'observe d'une façon admirative et cette belle femme qui s'en aperçoit aussitôt, se lève et se dirige vers moi.

— Jolie demoiselle, prêtez moi donc votre douce main et en échange d'une petite pièce je vous conterai votre avenir...

Si j'ai un gros défaut, c'est bien celui d'être parfois trop influençable mais après tout je ne perdrai pas beaucoup de temps et peut-être, bien que je ne sois pas superstitieuse, cette diseuse de bonne aventure saura m'apprendre quelque chose d'original au sujet de mon voyage. Les yeux de cette gitane sont étincelants et elle est tellement aimable ! Lorsqu'elle aura terminé, je lui donnerai quelques sous ; ce n'est pas grand-chose !

— Tenez donc, prenez ma main.

En me touchant avec douceur, elle passe délicatement son doigt dans le creux de ma paume tout en observant mes lignes avec attention. Son visage est détendu, enjoué mais parfois il se crispe un tant soit peu et devient plus grave.

— Jolie demoiselle, votre vie sera longue et dans un proche avenir vous allez vivre une surprenante aventure, par contre et d'une certaine manière votre destin s'en trouvera fortement modifié. Néanmoins vos connaissances qui sont déjà nombreuses ne feront que progresser. Ouvrez vos yeux et votre cœur, le monde vous attend mais n'oubliez pas aussi d'apprendre à vous défendre. Et surtout Mademoiselle pensez bien à prier ardemment notre Vierge Marie car un grand malheur pourrait bientôt advenir dans cette ville...

La gitane me rend ma main, je lui donne de menues pièces, mais juste avant que je la quitte elle semble hésiter et ajoute à voix basse :

— Et si vous pouvez fuir, alors fuyez !

Au commencement cette prédiction m'a plutôt amusé mais ensuite je n'ai pas du tout compris ce qu'elle voulait dire ! Quel est donc ce futur grand malheur et pourquoi devrais-je fuir ? Ces femmes-là prédisent toujours beaucoup d'évènements, plus ou moins étranges, qui devraient se produire dans un avenir indéfini. C'est amusant de les écouter et de découvrir l'expression de leur visage mais il ne faut pas s'attarder trop longtemps en leur compagnie et croire naïvement les prophéties qu'elles racontent car tout cela peut aussi devenir très vite inquiétant !

Après m'être frayé un chemin au milieu de cette foule qui est au moins aussi importante que lors de l'arrivée du bateau, je vois avec bonheur que Samson et mes parents m'attendent patiemment au pied de la passerelle d'embarquement.

Le moment des adieux est venu, Père et Mère nous souhaitent un agréable voyage et nous montons tous les deux vers le pont du navire. Les autres passagers, plus ou moins blasés et aussi découragés par le temps qu'il fait, sont déjà descendus dans leurs cabines ou dans la salle du conseil. Mon frère m'indique de le suivre vers le gaillard d'arrière car la manœuvre va bientôt débuter et il est toujours fort intéressant d'assister à ce déploiement d'énergie et d'adresse de la part de tous ces marins, efficacement commandés par leur maître d'équipage ; j'aurai bien le temps de me rendre à l'intérieur de ma cabine afin de ranger mes effets qui se trouvent toujours dans la malle, déposée un peu auparavant par les matelots.

Ce matin le vent est particulièrement irrégulier et changeant ; parfois même il n'y a plus de vent du tout ! Samson m'expose précisément la suite des évènements :

— Vois-tu Blandine, quitter directement le quai est devenu irréalisable car le vent est trop capricieux ; ainsi le Capitaine n'a pas d'autre choix que d'utiliser une ancre de jet pour le départ, et donc notre navire sera en quelque sorte tiré jusqu'à la sortie du port, où le vent un peu plus présent et régulier à cet endroit là, pourra ensuite agir sur les voiles et nous permettre de partir.

J'observe bien ce qui se prépare : le Maître d'équipage ordonne de larguer les amarres et de remonter les ancres tandis que quelques matelots prennent place à bord d'une chaloupe à rames et embarquent cette fameuse ancre de jet, beaucoup plus légère qu'une ancre normale ; ils rament ensuite aussi vite que possible jusqu'à une distance d'environ une encablure et ils laissent descendre cette ancre jusqu'au fond du bassin. C'est alors que d'autres matelots, les plus robustes habituellement désignés pour cette tâche, commencent à enrouler l'aussière qui relie le bateau à cette ancre autour du cabestan, et ainsi le bâtiment peut avancer jusqu'à la chaloupe. Cette opération est répétée autant de fois que nécessaire et jusqu'à ce que le Capitaine décide de mettre fin à ce type de manœuvre, c'est à dire quand il juge que le navire peut uniquement être propulsé par ses voiles.

Peu à peu je vois le quai s'éloigner et j'en profite pour faire quelques derniers signes de la main à mes parents, qui apparaissent de plus en plus petits, comme les personnes qui les entourent ; bientôt je ne parviendrai même plus à les distinguer...

Nous sommes maintenant à la sortie du port et je peux admirer les deux forteresses bordant ce passage et construites au siècle dernier par le monarque tout puissant, afin tout d'abord de soumettre la cité épisodiquement rebelle, mais devenues depuis des fortifications protectrices.

Un léger vent commence enfin à se faire sentir ; les matelots, la chaloupe et l'ancre de jet sont remontés à bord du bateau. Le Capitaine donne ses ordres au Maître d'équipage : afin de remonter au mieux la brise qui souffle du Sud, toutes les voiles et en particulier les focs et les voiles d'étai triangulaires seront utilisées, car ce vent trop faible ne nous est pas favorable et dans ce cas tout ce qui peut contribuer à nous faire avancer sera bien utile. Je me tiens toujours auprès de Samson sur le gaillard d'arrière ; il m'a demandé de rester avec lui car bientôt le Capitaine lui confiera le gouvernail et s'en ira rejoindre ses invités qui l'attendent un peu plus bas.

Apparemment toutes les opérations semblent se dérouler au mieux, et donc un peu plus tard le Capitaine laisse la barre à mon frère ; il se contente ensuite de surveiller ses officiers du coin de l'œil avant de se rendre vers la salle du conseil en empruntant la grande écoutille centrale.

J'admire Samson qui manipule le gouvernail avec aisance et dextérité. Ca y est ! Nous partons ! Tout doucement le « Lacydon » commence à se mouvoir de façon autonome, entre la côte et les îles situées plus au large. A cet instant précis, je ressens une intense émotion car ce voyage que j'ai tant attendu peut enfin commencer...

Ce départ a tout de même nécessité une organisation rigoureuse et précise, et j'espérais bien que nous puissions appareiller plus rapidement, mais cette manœuvre dont j'ignorais les détails a tout de même eu le mérite de m'apprendre que les belles voiles que nous fabriquons avec tant de soin ne peuvent être utilisées dans n'importe quelles conditions ni par n'importe quel temps. Et le temps ! Parlons-en ! Particulièrement maussade, avec une mer houleuse ! Cependant, le vent que nous souhaitons tant voir souffler demeure toujours assez faible ; pour l'instant nous disposons là des pires conditions pour naviguer, mais en s'éloignant depuis la côte vers le large cela pourrait un peu s'améliorer.

Les nuages sont nombreux et courent sur le fond gris du ciel ; néanmoins, le soleil apparaît quelquefois pendant de très courts instants et nous nous apercevons, non sans mal, qu'il vient de dépasser son zénith. Pour certains hommes d'équipage c'est déjà l'heure du déjeuner de midi, qui sera pris frugalement et en vitesse, tandis que pour d'autres, dont mon frère, il faudra attendre encore un peu ; ainsi je ne le quitte pas, j'attends avec lui qui tient toujours fermement la barre, et nous prendrons notre premier repas à bord ensemble. Nous ne serons sans doute pas seuls, peut-être certains Officiers viendront nous rejoindre.

La vie sur ce navire commence tout doucement à s'organiser car notre départ s'étant prolongé au-delà de la période normale, les différents quarts et les temps de service ne peuvent se mettre en place tout de suite.

Comme dit mon frère, seul le Capitaine, accompagné de ses invités de marque et de son Second, demeurera dans la salle du conseil afin d'entamer dès maintenant de brillantes conversations au sujet du voyage qui débute, mais aussi à propos de la politique et de l'économie du royaume ainsi que de notre cité ; très bientôt il leur sera également servi quelques bons mets préparés soigneusement par le cuisinier du bord, qui malgré le peu de temps dont il a disposé, a toujours su garder le secret de ses nombreuses et goûteuses préparations. En outre ce repas sera aussi agrémenté de vins de qualité.

Je sais, connaissant bien Samson car tout de même nous nous ressemblons un tant soit peu, non pas physiquement mais au niveau du caractère, qu'il n'apprécie guère ces longs repas protocolaires ; en effet il est un homme d'action, il préfère l'extérieur, il aime respirer l'air frais et pur, sentir les embruns sur son visage, écouter le vent qui souffle dans les voiles et se réchauffer grâce aux rayons parfois brûlants du soleil. Ainsi, rester pour l'instant sur le gaillard d'arrière semble lui convenir à merveille !

Cependant la manœuvre du « Lacydon » est laborieuse, elle nécessite toute son attention ainsi que celle du Maître d'équipage ; quant aux gabiers, ces espèces d'acrobates qui se balancent en permanence au milieu des cordages, ils sont toujours prêts à exécuter les ordres avec précision et célérité.

Le vent du Sud, bien qu'il ne soit pas très fort, nous oblige afin de pouvoir avancer à nous éloigner de la côte en suivant une route orientée vers le Sud-Ouest, et cela constitue une longue bordée qui sera aussitôt suivie d'un court passage vent de face, passage au combien délicat, pendant lequel notre navire aura peut-être tendance à s'arrêter, pour repartir ensuite cap vers le Sud-Est en nous rapprochant cette fois-ci de la côte.

Samson qui en général est plutôt discret, voire même silencieux, est soudain devenu particulièrement bavard et totalement intarissable au sujet de tout ce qui concerne « son » bateau. En quelque sorte, il endosse à présent un habit de précepteur, mais uniquement pour les choses concernant la mer, et il accomplit avec sérieux cette fonction d'enseignement au profit de sa jeune sœur cadette et bien-aimée. Il n'hésite pas à entrer dans des détails techniques assez complexes mais finalement, grâce à ses explications claires et précises, je parviens à comprendre le pourquoi et le comment de tout ce que je peux observer à bord de ce bâtiment. Ainsi j'apprends, à l'aide des termes adéquats, que cette délicate manœuvre de changement de bord se déroule de la façon suivante : « tandis que nous naviguons sur bordée de bâbord, notre navire prend de la vitesse, c'est alors que l'action soudaine et combinée de la barre mise toute à gauche, de la voile brigantine du mât d'artimon et des voiles du mât de misaine font pivoter le bâtiment sur bâbord, celui-ci perd donc rapidement de la vitesse et pourra même reculer ; cependant, dès que la proue aura dépassé le lit du vent, les focs et les voiles du grand mât se mettront de nouveau à porter et le navire reprendra sa vitesse sur bordée de tribord. » Afin de réaliser au mieux ce changement de bord, il faut que le Maître d'équipage donne ses ordres au moment opportun et que les marins les exécutent avec précision et vélocité ; mon frère qui tient le gouvernail doit aussi se montrer alerte et vigilant. Entre autres, Samson m'expliquera aussi comment changer d'amures lorsque le vent et l'état de la mer sont différents de ceux rencontrés aujourd'hui et ne permettent pas de prendre suffisamment de vitesse ou d'exécuter cette manœuvre au vent de face en sécurité ; il faudra dans ce cas tourner au vent arrière mais ce procédé laborieux présente le défaut de durer trop longtemps et d'obliger le navire à naviguer durant quelques instants dans une direction opposée à celle qui avait été choisie au commencement !

Mais tout ceci m'a mise en appétit et je vois avec bonheur que deux timoniers montent vers nous et s'apprêtent à relever mon frère de ses fonctions.

A l'issue de leur déjeuner, le Capitaine et ses passagers apparaissent aussi sur le pont principal afin d'effectuer une petite visite du bateau, mais ce n'est sans doute pas sous un ciel aussi gris et en présence d'une mer qui devient passablement moutonneuse qu'ils pourront admirer les quelques îles blanches et rocheuses situées plus au large, ou bien la côte creusée de toutes ces criques profondes et mystérieuses !

A notre tour, nous descendons vers la salle du conseil dans laquelle un autre Officier se tient debout en regardant vers l'extérieur ; il semble être un ami de mon frère qui s'empresse d'effectuer les présentations d'usage, ensuite nous nous asseyons. Un matelot pénètre dans la salle, et après nous avoir salués poliment, sert le repas en silence. Samson entame alors une conversation avec son ami Officier au sujet de leur carrière future mais celui-ci, parfois distrait, me jette de temps à autre un regard furtif...

Les mets qui nous sont servis sont sûrement délicieux, mais je ne peux les apprécier à leur juste valeur car mes yeux demeurent fixés en direction des hublots qui éclairent la salle et au travers desquels j'aperçois tantôt le littoral, de plus en plus recouvert d'écume, et tantôt les sombres nuages qui ont l'air d'effectuer une danse macabre dans un ciel tout aussi menaçant. Le bateau tangue, le bateau roule ; lorsque je me trouvais debout sur le gaillard d'arrière, je me sentais à peu près bien car l'air pur du large emplissait en permanence mes poumons, mais maintenant, enfermée dans cette salle en perpétuel mouvement et qui me fait penser à un grand bocal, j'éprouve des difficultés à respirer et je pressens que je vais avoir la nausée. Je ne peux rester assise plus longtemps, d'ailleurs Samson l'a bien compris et avant même que je commence à me lever, il me conseille gentiment de me diriger vers le balcon arrière de cette belle salle du conseil ; je m'y précipite, il était temps ! A peine sortie, je respire profondément et à plusieurs reprises ; l'humidité de la mer me fait du bien, elle rafraîchit mon corps et mon visage qui commençait tout doucement à suer, je me tiens fermement à la rambarde en bois sculpté et je ferme les yeux. Je reste quelques instants ainsi, je vais déjà mieux, mais maintenant il va falloir que je me rende dans ma cabine afin de ranger mes affaires. Samson m'indique le chemin et je découvre une petite chambre équipée sommairement, mais tout de même confortable, et qui se trouve juste à côté de celle qu'il occupe. Après avoir fait un tri sommaire de mes effets, je me couvre du beau châle en laine que Césarine avait tricoté avec amour à mon intention, et comme je sens que la nausée va me reprendre, je décide de passer le reste de l'après-midi sur le gaillard d'arrière.

Une fois sur place, je constate avec plaisir que personne ne fait vraiment attention à ma présence ; les timoniers et tous ces hommes forts sont bien trop occupés par leur rude travail !

Je redoute l'arrivée du soir et la nuit qui suivra car tôt ou tard il va bien falloir redescendre vers la salle du conseil afin d'assister au dîner auquel tout le beau monde présent à bord est évidemment convié ; j'espère seulement que cette petite cérémonie ne durera pas trop longtemps ! Durant un court moment et profitant de la dernière clarté d'un jour qui décline, mon frère vient me rejoindre et me tend sa longue vue :

— Regarde ce navire au loin vers le Sud Blandine, il s'agit d'une Flûte similaire au « Lacydon », mais celui-ci s'appelle le « Grand Saint Antoine » ; il revient des royaumes du levant, sans doute chargé de précieuses denrées et de belles marchandises. A l'issue de son long voyage, il atteindra bientôt notre belle et riche cité phocéenne afin de relâcher paisiblement dans son port accueillant...

Ma vie à bord

La nuit vient de tomber, le vent fraîchit, et l'obscurité recouvre tout doucement les flots d'un léger manteau de brume ; seules les crêtes des vagues accompagnées de leur traînée d'écume blanche plus ou moins allongée demeurent visibles, et cela donne un spectacle extraordinaire et bien peu rassurant...

Mais déjà vient le moment d'assister au dîner et je me dirige prestement vers ma cabine afin de soigner mon apparence avant de rejoindre tous ces élégants passagers, car je veux faire honneur à mon cher Officier de frère. Lorsqu'enfin je pénètre dans la salle du conseil que je connais maintenant assez bien, tout le monde est déjà réuni et Samson se fait un devoir de me présenter à ces personnes, avant de nous quitter à regret afin d'assurer son service de nuit. Ne souhaitant pas commettre d'impair, j'effectue à chaque fois un semblant de révérence car je ne comprends pas à quoi correspondent exactement les titres des gens qui sont présents ici, mais je suis pratiquement sûre que certains d'entre eux appartiennent à la noblesse.

L'épouse du Capitaine, une belle femme d'environ trente-cinq ans et donc beaucoup plus jeune que son mari, porte une attention particulière à mon égard et m'invite plaisamment à m'asseoir auprès d'elle qui siège en bout de table, à l'opposé de son époux ; celui-ci préside à l'autre extrémité entouré de ses chers invités, quant aux Officiers qui ne sont pas de quart, ils sont sagement assis au beau milieu de cette grande tablée.

Je ne suis pas vraiment habituée à ces longs repas protocolaires et un peu maniérés car lorsque nous déjeunions en famille tout était beaucoup plus simple et chaleureux ; en outre ce soir, l'absence de Samson contribue à me rendre encore plus tendue ! La belle Dame du Capitaine a bien compris tout cela et n'a de cesse de s'occuper de moi, de me parler et aussi de veiller à ce que je ne manque de rien ; elle a également remarqué que je n'appréciais guère d'être enfermée dans cette salle qui bouge sans arrêt dans tous les sens, et a tout de suite vu que je faisais des efforts désespérés pour ne point me retrouver de nouveau malade. Ainsi, étant donné qu'elle peut apparemment se comporter à bord comme bon lui semble, car « Première Dame du navire », et après m'avoir regardé avec un soupçon de malice, elle décide de se lever et s'excuse poliment auprès de son mari et de ses invités en prétextant une légère indisposition ainsi qu'un grand besoin d'air frais ; évidemment elle ne manque pas de me demander si je peux l'accompagner à l'extérieur afin de l'aider à se déplacer... Je suis ravie par cette proposition et par le gentil service qu'elle vient de me rendre, et très vite nous nous retrouvons toutes les deux sur le pont principal du navire, juste en dessous de la dunette.

— Eh bien, Mademoiselle Blandine, comment vous sentez-vous à présent ? me dit-elle.

— Merci Madame, je me sens déjà beaucoup mieux.

Une conversation amicale commence alors entre nous et la Dame poursuit :

— Si vous saviez comme ces longs voyages m'ennuient ! Mais je dois quelquefois accompagner mon mari lors de certaines traversées, notamment lorsqu'il invite des notables à bord de son navire ! Voyez-vous, ce sont les différentes escales qui m'intéressent le plus car j'aime bien flâner dans les belles cités étrangères et visiter certaines échoppes de maîtres tailleurs, chapeliers ou encore tisserands, et lorsque la durée d'escale me le permet j'aime aussi me rendre au théâtre, ce qui est toujours un divertissement fort agréable ! Vous m'accompagnerez n'est-ce pas ? Ce périple en Méditerranée devrait nous permettre de visiter les capitales de Gênes, Naples et enfin, la plus prestigieuse, Venise !

L'idée de me promener uniquement avec elle dans des villes inconnues de m'attire pas beaucoup mais comme elle est la seule personne, hormis mon frère, avec laquelle je puisse nouer une relation amicale durant ce voyage, je lui réponds favorablement :

— Oui Madame, si vous le souhaitez je serai présente à vos côtés, mais n'est-il pas un peu risqué pour deux femmes seules de se hasarder ainsi dans des villes que nous ne connaissons pas ? Récemment, non loin du lieu où j'habite, j'ai bien failli être attaquée par des hommes ressemblant à des brigands, alors si de tels fâcheux évènements devaient se reproduire quand je me trouve éloignée de chez moi, ce serait bien pire !

— Ne craignez rien, lors de nos sorties et en l'absence de mon mari ou de votre frère, il y aura toujours un garde qui nous accompagnera et veillera sur notre sécurité. Mais je crois qu'à présent il est nécessaire que je rejoigne le Capitaine et ses invités car je ne peux les abandonner trop longtemps ! Demain nous aurons tout le temps de bavarder, en attendant suivez-moi, je vais vous donner quelque chose pour vous aider à passer une nuit agréable.

Nous retournons à l'intérieur et aussitôt la Dame, après avoir pris un sachet de poudre dans sa cabine, demande au matelot qui est de service de lui apporter une carafe d'eau bouillante, puis elle verse cette poudre dans la carafe et me prodigue ses dernières recommandations :

— Laissez infusez ce mélange à base de gingembre et de menthe pendant quelques instants et ensuite buvez le à petites gorgées ; une fois dans votre cabine, étendez-vous sans bouger et placez une serviette froide sur votre front, ainsi vous vous endormirez bien vite et ne serez point malade. Mademoiselle, je vous souhaite une bonne nuit !

J'entre dans ma petite cabine et je respecte ses conseils à la lettre mais dès que j'éteins ma bougie et que je me couche dans l'obscurité je ressens de nouveau et même davantage les mouvements incessants du navire ; puis, imperceptiblement une douce torpeur commence à m'envahir, ma conscience devient de moins en moins précise et mes pensées de plus en plus confuses. Mes yeux se ferment, à présent je fais corps avec ce bateau qui dorénavant semble me protéger et me bercer...

Les chauds rayons du soleil traversent le hublot de ma cabine et viennent directement effleurer mes paupières encore lourdes de sommeil. J'ouvre tout doucement les yeux et je m'aperçois avec plaisir qu'une journée clémente vient de commencer, le vent n'est plus aussi fort et la mer est à peine agitée d'une légère houle, joueuse et amicale. Les maux de tête m'ont abandonnée, je me lève, je me débarbouille et je m'habille promptement mais que faire avec mes cheveux ? Après tout, Mère n'est pas là pour juger ma coiffure, je les démêle donc un peu et je les laisse détachés, ils goûteront ainsi à la liberté du grand air lorsque je serai sur le pont !

Mon frère Samson est déjà sur la dunette en compagnie d'un timonier et dès qu'il me voit, il me sourit de son merveilleux sourire aux dents blanches et éclatantes.

— Regarde Blandine, nous croisons très près des côtes du Comté de Nice et plus tard nous pourrons aussi apercevoir la Ligurie !

Effectivement le paysage est superbe. Il y a d'abord une imposante cité avec un château situé en hauteur qui domine un port encaissé et bien protégé ; ensuite, derrière un premier cap, nous pouvons voir une profonde crique, aux eaux d'un bleu sombre et intense, avec en toile de fond un petit port de pêche dont les maisons arborent des couleurs aussi chaudes que la lumière la plus vive, des couleurs ocres, rouges et orangées. Samson m'explique la particularité de cet endroit :

— Au beau milieu de cette rade, la profondeur est pratiquement équivalente à la hauteur des collines environnantes, elle atteint presque cinquante-cinq brasses ; ici, de très grands navires peuvent donc venir au mouillage.

A présent nous doublons un très long cap, montagneux et boisé mais dont la partie basse est rocheuse et découpée. Puis le même panorama se poursuit à l'infini vers la Ligurie : des petites criques abritées et accueillantes ainsi que des ports minuscules, au sein desquels vivent sans doute de petites communautés familiales, laborieuses et pacifiques.

Nous poursuivons notre voyage à une vitesse confortable, mesurée à une dizaine de nœuds par l'homme en charge du loch. Il n'est plus nécessaire de naviguer en louvoyant car à présent notre route, orientée vers l'Est Nord-Est, est favorisée par le vent qui souffle toujours du Sud, et cela permet au « Lacydon » de déployer enfin toutes ses voiles aux noms magiques : misaine, grand-voile, huniers, perroquets...

La Dame du Capitaine vient de nous rejoindre et elle paraît enchantée. Cette maîtresse femme, bien que toute en rondeurs, apparaît ce matin vraiment charmante ; ses cheveux mi-longs, d'une couleur blond-doré, sont ornés de quelques tresses très ouvragées, et son doux visage, maquillé d'une façon raffinée, respire la santé et le bien-être. Ses petits yeux noirs, vifs et toujours en mouvement, observent ardemment tout ce qui nous entoure, puis finissent par se poser sur mon visage avec cette même expression d'amitié et d'admiration.

Cette fois-ci, elle se place très près de moi et me prend par le bras afin que nous contemplions ensemble le littoral qui défile lentement devant nos yeux. Nous échangeons quelques mots, nos paroles se confondent avec le son mélodieux du vent dans les voiles et du clapotis des vaguelettes qui viennent doucement se briser contre le franc bord du navire. A présent, elle ne m'appelle plus « Mademoiselle » mais tout simplement Blandine, mon prénom, qu'elle prononce avec beaucoup de douceur, et elle me demande aussi de l'appeler par le sien, Héloïse. De temps à autre elle pose sa main sur la mienne et nous restons ainsi toutes les deux immobiles face à la mer ; je ressens une impression confuse de bonheur, de surprise et de gêne mêlés, car excepté durant mon enfance, lorsque les adultes s'occupaient de moi, je ne me suis jamais trouvée si proche d'une autre personne au point de pouvoir distinguer son regard avec une telle précision ou de sentir son parfum et sa respiration dans une telle proximité... Mais ce moment étrange et délicieux doit se terminer car mon frère qui paraît soudain soucieux a fait mander le Capitaine afin que celui-ci vienne scruter l'horizon à l'aide de sa longue vue.

Après avoir attentivement examiné la situation puis réfléchi durant un court instant, le Commandant du « Lacydon » donne rapidement ses ordres aux Officiers qui les transmettent aussitôt au Maître d'équipage ainsi qu'aux timoniers.

Enfin Samson m'explique ce qui se passe : le Capitaine et lui-même ont identifié cinq vaisseaux qui arborent le drapeau rouge des flottes barbaresques et nous devons au plus vite nous diriger vers le large, c'est à dire vers le Sud, en espérant que ces navires ne remarquent pas notre présence. L'absence d'avirons sur leurs flancs montre qu'il ne s'agit pas là d'une flotte de commerce et habituellement dans ce cas-là de nombreux canons les remplacent. Ainsi nous n'avons pas d'autre choix que de nous enfuir, car dans cette région aucun port situé à proximité n'est assez important ni suffisamment fortifié pour assurer notre protection.

Néanmoins, fuir vers le Sud ne sera pas chose facile, nous devrons de nouveau parcourir des interminables bordées, et les pirates à bord de leurs trois mâts, nommés « Chébecs » et gréés à voiles latines, pourraient aisément nous rattraper car ils sont capables de remonter au plus près du vent, et s'ils parviennent à portée de tir, la puissance de feu de ces navires réunis serait considérable ; ainsi l'abordage, avec toutes ses terribles conséquences, deviendrait inéluctable. Cependant il s'agit peut-être de bâtiments plus anciens que le « Lacydon » et dans ce cas leurs canons ne seraient que de douze livres, donc moins puissants que les nôtres qui peuvent tout de même délivrer des boulets de dix-huit livres ; en outre, ces navires assez fins portent leurs pièces d'artillerie uniquement en sabord, quand notre bâtiment possède, en plus des batteries habituelles, deux canons de chasse et surtout deux canons de fuite, ce qui nous permettrait de faire feu et de nous défendre sans changer de cap. Afin justement de préparer au mieux notre protection tous nos sabords ont été ouverts et nos pièces d'artillerie sont en place, prêtes à être utilisées. Les ordres ont été clairs et précis, ils sont exécutés à la lettre par tous les hommes d'équipage mais la cloche nous rappelle que le soleil est déjà au zénith et qu'il est temps de descendre pour le déjeuner ; celui-ci s'annonce bien morose, l'ambiance n'est pas aussi enjouée que la veille, tout le monde fait grise mine, des Officiers aux invités, pour finir par le Capitaine.

Comme hier, je suis assise à côté de l'épouse de celui-ci, que désormais j'appelle Héloïse, et j'en profite pour lui demander à voix basse, avec un sentiment de curiosité mêlé de crainte, si tôt ou tard nous aurons l'occasion de rencontrer ces fameux pirates ; évidemment elle me répond qu'il n'est absolument pas souhaitable que ces mauvaises gens nous approchent de près ou de loin, car nous pourrions tous être tués d'une horrible façon ou bien, ce qui n'est guère mieux pour les femmes que nous sommes, être capturées et réduites en esclavage au fin fond de l'un de leurs royaumes et sûrement retenues prisonnières dans un mystérieux « Harem ».

Je m'attendais sans doute à une telle réponse, la même réponse que me fît un beau matin Monsieur De Saint Aloe à ce sujet ; mais il faut croire qu'il existe en moi une attirance peu convenable et d'ailleurs inavouable pour cet inconnu d'aventure, pour ces mystérieux gens de mer dont les histoires nous intriguent tout en nous faisant trembler...

Le Cap est donc mis au Sud Sud-Ouest mais pour combien de temps ? C'est un peu comme si nous rebroussions chemin ! Sur la dunette, l'Officier de quart est en permanence en train d'observer à l'aide de sa longue vue les cinq navires qui nous inquiètent tant, mais il semble assez difficile, compte tenu du vent qui maintenant souffle davantage de bâbord, de déterminer si ceux-ci nous poursuivent ou bien s'ils longent tout simplement la côte Ligure sans avoir remarqué notre présence.

L'après-midi se déroule ainsi, monotone et ennuyeuse...

Je ne cesse de faire des allers et venues entre la dunette, ma cabine, et les alentours de la salle du conseil, dans laquelle je n'ose tout de même pas entrer sans y être invitée ; je ne veux pas non plus déranger mon frère qui doit sans doute avec les autres officiers exécuter les ordres du Capitaine afin de parer à toute éventualité menaçante.

Mais où est donc passée Héloïse ?

Peut-être est-elle occupée, à la demande de son mari, à tenir compagnie aux invités qui depuis cette inquiétante apparition doivent se sentir bien apeurés, car isolés du reste du monde dans cette navigation devenue indécise. Le vent fraîchit et je termine donc la journée à l'intérieur de ma cabine...

Dans mon bagage, j'avais pris soin d'emporter quelques ouvrages que je me plais à consulter, cela me permet d'obtenir des renseignements intéressants quant aux territoires, royaumes et républiques dont nous apercevons parfois les rivages, et aussi d'oublier un peu les soucis actuels quant à l'issue incertaine de ce voyage ; malgré cela, de temps à autre je regarde à travers le hublot et pour l'instant je ne vois rien d'alarmant.

Peu avant le coucher du soleil, j'aperçois enfin une côte à bâbord, et je pense qu'il s'agit de la Corse, la grande et magnifique île de la république Génoise ; durant la nuit, nous longerons donc cette côte découpée et peuplée de tours génoises, et demain nous devrions à l'occasion apercevoir le littoral de Sardaigne. Lors de l'une de ses leçons, Monsieur De Saint Aloe m'avait d'ailleurs expliqué de façon fort imagée comment me souvenir aisément de l'appartenance de cette île à la république Génoise : « Voyez-vous Mademoiselle, ce long cap Corse qui s'étend vers le Nord semble montrer du doigt sa capitale, la très ancienne cité de Gênes. » Ainsi, lors du dîner de ce soir, au climat déjà plus détendu que le repas de midi, et lorsque le Capitaine m'interroge au sujet de mes connaissances géographiques, je ne manque pas de montrer mon savoir au sujet de la Corse et de son « index » dirigé vers le Nord. Les convives sont amusés par ce détail auquel personne n'avait prêté attention et le Capitaine, après m'avoir félicité de si bien retenir les leçons d'un précepteur aussi avisé, souligne que l'île de Sardaigne quant à elle possède une forme ressemblant au royaume de France mais en plus réduit, notamment avec sa péninsule dirigée vers l'Ouest et s'apparentant à la pointe bretonne ainsi que son golfe profond situé au Sud et ressemblant au golfe du lion ; plus sérieusement, il se met ensuite à exposer les décisions qui ont été prises à regret en compagnie de ses Officiers et concernant le reste de notre voyage.

Nous n'allons donc pas tenter de faire demi-tour et de retourner vers Gênes car les pirates barbaresques risquent toujours de rôder dans les parages. D'ailleurs sans doute avaient-ils déjà remarqué notre présence mais ne pouvaient nous poursuivre car peut-être chargés d'un précieux butin. Ils devaient plutôt chercher à dissimuler ces éventuelles richesses au fond de quelque crique secrète et isolée ; à moins qu'ils n'aient eu l'intention, comme ils le font parfois, d'attaquer un petit port de Ligurie insuffisamment protégé, et ainsi nous ne pouvions constituer une proie assez intéressante pour les faire changer de route. Enfin le Capitaine poursuit son exposé en nous expliquant avec tristesse que notre seule et unique escale sera la république de Venise ; nous ne naviguerons donc pas vers la cité de Naples car désormais cela nous obligerait à passer entre Corse et Sardaigne, et ce petit détroit possède la fâcheuse réputation d'être le lieu de nombreuses attaques perpétrées à l'encontre des navires marchands. Le seul choix qui nous reste consiste donc à contourner la Sardaigne par le Sud, puis la Sicile, et enfin la botte italienne, pour ensuite remonter la mer Adriatique vers Venise.

Héloïse, l'épouse du Capitaine, apparaît totalement atterrée par cette nouvelle car cette décision, assurément empreinte de sagesse, nous prive cependant de deux escales intéressantes en ne nous accordant que la destination finale, certes la plus prestigieuse, mais dorénavant unique. Nous allons donc encore passer quelques jours en mer avant d'arriver à Venise mais comme nous longerons les côtes en permanence, le voyage demeurera tout de même attrayant ; à la fin du repas, notre petite assemblée se sépare et fait néanmoins contre mauvaise fortune bon cœur. Samson a l'air un peu désolé alors qu'il me souhaite une bonne nuit et Héloïse en profite pour me glisser à l'oreille que nous pourrons mettre cette période à profit pour nous amuser un peu en jouant à divers jeux de cartes ainsi qu'au « Trictrac », car hormis les promenades sur le pont du navire, ce voyage risque de devenir un tantinet ennuyeux !

Il ne me reste plus qu'à aller dormir sans oublier de me préparer cette fameuse décoction qui assurément me fait le plus grand bien et m'aide à trouver le sommeil ; après seulement deux petits jours passés en mer, je ne suis pas encore devenue un marin aguerri, en tout cas pas suffisamment pour être capable de demeurer dans ma cabine sans boire cette potion salvatrice ! Avant de m'allonger sur ce lit mouvant, tanguant et roulant, je reste néanmoins debout à observer par le hublot déjà blanchi de dépôts de sel la côte rocheuse et découpée qui défile lentement sous mes yeux. De temps à autre, la demi-lune qui nous éclaire à peine lorsque les nuages daignent laisser passer sa faible clarté, me permet de découvrir un littoral sauvage et en partie recouvert d'écume. Plus loin vers l'intérieur des terres, j'aperçois de-ci de-là quelques points lumineux, signes d'une vie locale dispersée mais aussi symboles de la chaleur d'un âtre et d'un foyer. A proximité ou à l'intérieur de certaines tours génoises de défense, je distingue quelquefois une lumière jaunâtre et vacillante, provenant sans doute d'un petit feu de bois qu'un guetteur patient et fidèle aura allumé pour se réchauffer un peu et se sentir moins esseulé durant sa longue garde de nuit...

Les effets de mon breuvage magique qui commencent à se faire sentir et puis ce paysage sombre et monotone contribuent à me faire rejoindre mon lit afin qu'un sommeil irrésistible et enveloppant ne tarde pas à m'envahir...

La nouvelle journée qui commence s'annonce bien maussade mais le vent fraîchissant, toujours orienté au Sud-Est, nous permet de maintenir notre route vers le Sud ; cependant la houle se creuse davantage et la mer devient moutonneuse. Je monte durant un court moment sur le gaillard d'arrière et il fait plutôt froid ; j'apprécie le courage de ces travailleurs de la mer qui vivent en permanence à l'extérieur et par n'importe quel temps, j'admire l'agilité de ces gabiers souvent suspendus à leurs échelles de corde ou bien posés, tels des oiseaux en équilibre, sur leurs hunes à la taille si réduite. Mon frère déjà présent sur place en profite pour me donner quelques indications au sujet du régime des vents et des tempêtes :

— Vois-tu Blandine, dans cette région de la Méditerranée, lorsque nous naviguons avec un vent qui souffle de bâbord et sous un ciel couvert de nuages devenant de plus en plus épais et nombreux, nous risquons tôt ou tard de rencontrer une tempête qui sera d'autant plus violente que le vent qui l'annonce est fort. Ainsi nous avons pu éviter la compagnie de pirates sans foi ni loi, mais nous allons maintenant rencontrer le cortège des éléments déchaînés ; à cet effet, les canons ont été solidement amarrés et tous nos sabords sont à présent fermés.

Il marque une pause et poursuit d'un air désolé :

— Ce fâcheux événement devrait se produire à partir de demain soir...

— Mais Samson, ne pouvons-nous éviter cette tempête en changeant notre route ou bien en faisant escale dans quelque port de Sardaigne ?

— Eh bien non, le Capitaine nous a longuement réunis, il est bien au courant de la situation mais il n'est pas envisageable que nous fassions une escale en Sardaigne car ses ports ne sont pas assez prestigieux pour nos passagers ; en outre, ces notables dont certains appartiennent à la noblesse ont demandé au Capitaine, exigé devrais-je dire, que nous poursuivions dorénavant notre route vers Venise, d'ailleurs choisie par lui-même, sans nouveau retard ni changement inutile.

Puis, en se rapprochant de moi, il ajoute à voix basse :

— Ces gens-là n'ont aucune connaissance maritime, tout ce qui les intéresse consiste à se rendre au plus vite à Venise afin de parader parmi la noblesse locale !

J'avoue à mon frère que ses propos m'inquiètent :

— N'est-ce pas trop dangereux de naviguer ainsi vers une tempête ?

Il poursuit d'un air calme :

— Notre Capitaine, son équipage et ce navire en ont déjà essuyé un grand nombre et tout le monde à bord sait réagir au mieux en cas de mauvais temps, c'est à dire exécuter les ordres avec rapidité et précision ; en outre, ce bateau sans quille et dont la coque est arrondie tient bien la mer et résiste aisément à la vague ! Tu verras, ce ne sera qu'un mauvais moment à passer, un moment peuplé de bruits intenses et de mouvements violents.

Cependant Samson n'aime pas me voir rester sur le pont avec des éléments si perturbés ; il ne faut pas qu'il arrive malheur à la petite dernière de la famille ! Il me conseille de rejoindre l'épouse du Capitaine qui doit déjà m'attendre dans la salle du conseil et je m'y rends aussitôt. De toute façon, aujourd'hui il n'y a pas grand-chose à voir car les côtes de Sardaigne sont partiellement masquées par la brume et les embruns, et par mesure de précaution nous les longeons à une certaine distance ; en effet, si le vent venait brusquement à changer de direction, il pourrait contribuer à nous rapprocher dangereusement de cette île et de ses récifs.

Par chance, nous nous retrouvons seules toutes les deux à l'intérieur de cette belle salle que je commence réellement à apprécier, notamment pour ses boiseries raffinées et ses divers luxueux ornements. Héloïse m'invite à prendre mon petit déjeuner et ensuite nous commençons notre discussion ; elle me demande si je connais les jeux auxquels elle me proposera plus tard de participer. Ce sont des jeux qui se jouent principalement à deux personnes ; évidemment je sais que le « Piquet » est fort intéressant pour l'avoir souvent pratiqué avec Mère et même avec Césarine, quant au Trictrac je l'adore grâce à la réflexion qu'il nous oblige à entretenir, et j'aime aussi contempler son élégant plateau de couleur verte agrémenté de ces longs triangles pointus. Par contre, Héloïse devra m'enseigner le fameux jeu de cartes nommé « Hoc Mazarin », dont j'ai maintes fois entendu parler mais que je n'ai jamais pratiqué ; je sais seulement qu'il aurait été inventé par le cardinal Mazarin en personne, grand homme d'état du siècle dernier. Mon précepteur m'avait souvent parlé en termes forts élogieux de ce Monsieur, en le présentant comme le principal ministre et le conseiller privilégié du roi soleil ainsi que le sauveur de l'unité du royaume de France.

Tandis qu'Héloïse a patiemment commencé ses explications, il me plait de penser aux précieuses leçons que me proférait Monsieur De Saint Aloe, et du reste ce voyage me fournit l'occasion de réviser mes quelques connaissances historiques et géographiques ; mon précepteur est un homme bien cultivé et j'éprouverai un grand bonheur à le retrouver dès mon retour !

— Blandine, est ce que vous m'écoutez ?

— Oui, pardon Madame, j'étais distraite.

— La matinée est déjà bien avancée et si vous le voulez bien nous pourrions commencer par une partie de Piquet ; mais pourquoi dites-vous de nouveau « Madame » au lieu de m'appeler tout simplement Héloïse comme je vous l'avais demandé ?

C'est vrai, j'avais oublié ; il n'est pas encore devenu naturel pour moi de prononcer ainsi le prénom de l'épouse du Capitaine !

Elle me sourit, ses dents sont si blanches, elles ressemblent à de la nacre et ses petits yeux noirs affichent en permanence une expression de bonheur et de vivacité. Et puis, quelle élégance ! Sa robe de couleur crème aux motifs fleuris doit être très agréable à porter et ses cheveux, d'un blond si pur, sont si bien coiffés avec ces fines tresses particulièrement ouvragées venant border son doux visage. Héloïse n'utilise pas l'aide d'une servante et je me demande bien comment elle fait pour être aussi adroite ; peut-être un jour durant ce voyage, acceptera-t-elle de coiffer mes cheveux de la sorte... J'ai donc quitté mes pensées historiques et à présent c'est bien elle que je regarde sans cesse ; j'observe avec attention ses petites mains rondes et délicates qui brassent lentement les cartes, ainsi que le mouvement doux et gracieux de ses doigts. Le curieux sentiment qui m'avait saisie lorsque nous nous trouvions sur la dunette si près l'une de l'autre et lorsqu'elle prit gentiment ma main, commence de nouveau à m'envahir ; je ressens comme une admiration et une attirance qui m'étaient inconnues jusqu'alors... Evidemment j'entends sa voix mélodieuse qui me rappelle les règles du jeu auquel nous nous proposons de jouer, mais je ne l'écoute pas vraiment, je ne fais pas attention à ses paroles car je me laisse bercer par cette ambiance harmonieuse et par ce doux tête-à-tête. A ce moment précis, je ne sais ce qu'éprouve Héloïse et je me demande si elle est aussi troublée que moi ou bien si elle parvient à s'apercevoir de mon propre trouble. Mais pour l'instant, je préfère ne pas lui confier mes sentiments ; après tout, bien que je me sente en parfaite confiance lorsque je suis en sa compagnie, je ne la connais tout de même pas assez pour l'entretenir au sujet de mes impressions et de mes pensées.

Nous jouons donc au Piquet et plus tard, ou bien les jours suivants, nous essaierons de nous distraire avec les autres jeux.

Ainsi se déroule cette journée bien maussade ; de temps à autre nous nous hasardons à sortir un peu sur le pont mais la force du vent, l'état de la mer et le regard sévère de l'Officier de quart nous obligent à rentrer aussitôt ! Néanmoins je vois au passage que la grand-voile et la voile de misaine sont carguées ; à cet effet, je me souviens que Père m'avait expliqué qu'un Maître d'équipage compétent n'utilisait pas ces grandes voiles avec une mer trop agitée, car justement celle-ci était le siège d'importants remous qui perturbaient la direction et la force du vent au niveau des voiles les plus basses. Ainsi, actuellement seuls les huniers, perroquets et cacatois sont utilisés.

La nuit qui suit n'est point meilleure et malgré mon infusion habituelle, j'éprouve le plus grand mal à trouver le sommeil ; pourtant, aujourd'hui même et en prévision de mes futures nausées, j'avais très peu mangé, mais malgré cette précaution je ne peux m'empêcher d'être malade. Heureusement je m'étais munie d'un seau et d'un linge humide, et à présent cela m'est bien utile !

Je crois que le nouveau jour qui vient sera le pire de tous. Il n'est absolument plus possible de monter sur la dunette, et demeurer dans ma cabine ou bien dans la salle du conseil est devenu tout aussi atroce ! Je ne parviens plus à me concentrer à un quelconque jeu en compagnie d'Héloïse, d'ailleurs elle-même n'est plus du tout à son aise, et la simple observation des cartes pourtant fort jolies nous donne à toutes les deux la nausée !

Lors de mes modestes déplacements, j'essaie de m'agripper à tout ce que je peux trouver mais je ne manque pas de me cogner quelquefois aux parois en bois du navire ; quant à mes repas, ils se limitent à une tranche de pain accompagnée d'un petit verre d'eau...

Mon frère Samson est venu m'avertir que nous allions sans doute mettre à la cape afin de laisser passer le gros de la tempête en sécurité ; déjà, beaucoup de voiles avaient été réduites et nous n'avancions pratiquement plus, mais dorénavant toutes les voiles seront repliées, la barre sera amarrée, et le navire se mettra à dériver à une vitesse ne dépassant pas un ou deux nœuds entre le près et le travers du vent, ainsi le roulis et le tangage seront limités au maximum. Les écoutilles seront fermées afin que les vagues puissantes qui de temps à autre envahissent le pont supérieur du navire ne viennent pas inonder le pont inférieur et la cale ; seuls quelques marins expérimentés demeureront à l'extérieur selon les quarts déjà établis, et il leur sera recommandé de solidement s'attacher afin de ne pas risquer de passer par-dessus bord.

Sur cette mer en délire, nous ne ressemblerons bientôt plus qu'à une simple coquille de noix, abandonnée aux éléments et inlassablement ballottée...

Le naufrage

Ce soir, je me rends très tôt dans ma cabine ; la nuit précédente j'ai très peu dormi, et malgré la mer en furie je pense que la fatigue d'être restée éveillée aussi longtemps finira par avoir raison de moi. Et puis j'ai été tellement malade, je crois bien qu'à présent je ne le serai plus du tout ! Cependant mon angoisse est grande quant aux évènements inquiétants qui s'annoncent, et afin de me rassurer, je garde accroché au poignet mon précieux bracelet en or que j'avais l'habitude d'enlever tous les soirs ; peut-être ce bijou splendide et attachant parviendra-t-il à me protéger de la tempête et de ses effets malveillants.

Comme à l'accoutumée, mon lit tangue et roule ; peut-être est-il possible de mieux dormir dans un hamac, qui sait ? Mais je n'ai jamais pu expérimenter ce type de couchage car celui-ci est réservé à l'équipage et les passagers dont je fais partie bénéficient d'un lit. Je ferme les yeux et j'essaie de ne plus penser à rien. Le sommeil me gagne insensiblement et d'une façon inéluctable ; ma conscience se perd dans les méandres de sa déclinante lucidité et de la naissance de ses rêves...

Combien de temps ai-je dormi ? D'ailleurs est ce que j'ai vraiment dormi ou bien étais-je seulement assoupie ? Mais peut-être suis-je entrée dans un profond sommeil et totalement enfouie dans un rêve tout puissant dont je ne peux m'évader... Eh bien, si ceci est un rêve, il est bien désagréable et s'apparente plutôt à un atroce cauchemar ! Je perçois des éclairs éblouissants et rapprochés, des claquements sourds, des explosions violentes et je sens aussi une acre odeur de brûlé...

Sommes-nous attaqués ? Quelques canons hostiles nous ont-ils envoyés leurs boulets ? Ou bien s'agit-il d'un terrible orage accompagné de son cortège d'éclairs et de bruits de tonnerre ? Non, je ne dors pas car j'entends des cris et des bruits d'objets tombant lourdement sur le pont ainsi qu'au-dessus de ma tête.

A travers mon hublot, je distingue une lumière aveuglante que l'eau me renvoie de temps à autre comme un miroir, mais cette clarté n'est pas celle de la foudre, cette clarté est celle du feu, notre navire est en train de brûler !

Je saute de mon lit, pieds nus et en chemise de nuit ; je tente d'ouvrir la porte de ma cabine mais c'est impossible, la porte résiste à tous mes efforts, elle doit être complètement bloquée par quelque pièce de bois qui s'est placé en travers. Terriblement angoissée, je me demande subitement si je vais mourir brûlée ou bien noyée... Mais où est donc mon frère et que fait l'équipage ? Je me mets à crier, à hurler :

— A l'aide, venez vite, je suis enfermée !

Je tape aussi fort que je peux contre cette maudite porte, contre ces cloisons muettes et mes mains en deviennent toutes ensanglantées mais personne ne répond ! Samson n'aurait pas pu m'abandonner ainsi, peut-être est-il en route vers ma chambre et très bientôt j'entendrais sa voix, il me libérera !

Soudain un craquement terrifiant se produit au-dessus de ma cabine ; le plafond en bois est en train de s'écrouler sur moi ! J'ai beau essayer d'éviter tout ce qui tombe en me plaçant dans un coin de cette petite pièce, une planche vient heurter le sommet de mon crâne et je ressens aussitôt une vive douleur ; de l'eau froide pénètre aussi à l'intérieur de ce qui était ma chambre et dont le sol est dorénavant jonché de débris mouillés et malodorants. La brèche qui déchire le plafond laisse couler un torrent d'eau de mer qui s'amincit de temps à autre pour redevenir plus puissant encore l'instant d'après ; et l'eau monte inexorablement ! Je me mets debout sur mon lit détrempé et je recommence à crier :

— Samson, Samson, m'entends-tu ?

A présent que le toit de ma cabine est en partie brisé, mon frère ou quelqu'un d'autre finira bien par remarquer ma présence ! Mais moi-même je n'entends plus aucun cri sur ce navire ! N'y a-t-il donc plus personne à bord ? Je perçois uniquement les plaintes lointaines et étouffées de personnes qui semblent être tombées à l'eau...

A l'extérieur, la clarté est toujours aussi intense et malgré la pluie, l'incendie semble toujours faire rage. Je n'ai pas d'autre choix que d'essayer de me hisser au dehors, à travers cette ouverture béante située au-dessus de ma cabine, et ensuite de me jeter à la mer afin d'échapper aux flammes ; mais dans ce cas, échapperai-je à la noyade ?

La pièce n'est pas très haute et je parviens depuis ma position sur le lit à agripper ce qui reste d'une petite poutre qui, bien que mince, résistera à mon poids et me permettra de passer au-dessus, du moins je l'espère. Mes mains meurtries saisissent ce qui reste de ce longeron en bois mouillé puis je pose mes pieds nus contre la cloison et ainsi j'essaie désespérément de grimper en tirant sur mes bras et en m'aidant de mes jambes. Les mouvements incessants du navire gênent considérablement ma progression ; néanmoins, très bientôt et grâce à mes efforts, je pourrai passer ma tête à travers l'ouverture et appeler de nouveau à l'aide... Mais soudain, l'équivalent d'une cascade d'eau de mer, froide et emplie d'écume, s'écoule violemment sur moi à travers ce seul malheureux passage vers la dunette. J'ai beau me tenir fermement en serrant mes mains autour de la poutre, je finis par lâcher prise et je m'effondre lourdement sur le dos au beau milieu du plancher de ma cabine qui dorénavant s'apparente à un petit bassin dans lequel une marée incessante vient tout à coup recouvrir mon corps et mon visage. Je retiens mon souffle et je ferme les yeux ; il faut absolument que je réussisse à me relever, car sinon je vais finir par me noyer dans une eau à peine profonde de deux ou trois pieds. Je parviens à m'asseoir en tenant l'un des montants de ce qui reste de mon lit, ma tête est enfin hors de l'eau mais je la tiens baissée afin de pouvoir respirer sans que l'eau qui coule du plafond brisé puisse m'en empêcher en pénétrant à l'intérieur de mes poumons. Mes quelques blessures commencent à me faire souffrir et je ressens une douleur cuisante car à présent l'eau salée les a mouillées. Dans ma famille, il était toujours expliqué que l'eau de mer était le meilleur des remèdes pour soigner les plaies ou les égratignures, mais dans le moment présent, je m'en serais bien passée !

Peu à peu la cascade s'étiole et il faut que je tente une nouvelle fois de m'extirper de ce piège mortel, mais je dois le faire tout de suite et absolument réussir avant qu'une nouvelle vague survienne et me submerge de nouveau, sans doute pour la dernière fois. Je remonte donc sur mon lit et recommence à grimper avec acharnement ; bien que la hauteur à parcourir soit faible, je dois effectuer des efforts considérables et je ne parviens plus à sentir mes membres dont les muscles sont contractés à l'extrême. Par chance, la petite poutre a résisté et je parviens enfin à me faufiler à l'extérieur ; d'abord ma tête est passée la première, ensuite mes bras et puis mon corps tout entier avec l'aide de mes jambes. Je reste un instant à genoux sur la dunette et je n'en crois pas mes yeux : le paysage qui s'offre à moi est un spectacle d'apocalypse !

Le pont du navire est devenu méconnaissable. Le grand mât et le mât de misaine se sont effondrés et brisés en plusieurs parties ; ils sont déjà totalement calcinés et partiellement recouverts par l'eau qui envahit rapidement l'ensemble du bateau aussi sûrement que les ponts inférieurs et la cale, car les écoutilles semblent être restées ouvertes. Quelques éléments en bois, dépassant encore du pont, continuent de brûler jusqu'à ce que leurs quelques feux isolés soient étouffés par la mer toute puissante qui noie progressivement ce que fût le majestueux « Lacydon ».

Il me semble distinguer les corps sans vie de certains membres d'équipage qui jonchent le sol, maintenant entièrement recouvert d'eau, mais depuis la position où je me trouve, il m'est impossible d'identifier qui que ce soit. Néanmoins, à la lumière vacillante des flammes qui faiblissent, je suis tout de même capable de m'apercevoir qu'il n'y a aucun uniforme parmi les tristes corps allongés ici et là, disloqués ou partiellement brûlés.

Le gaillard d'arrière sur lequel je me trouve a échappé à l'incendie et le mât d'artimon tient toujours en place, bien que sa position anormalement inclinée laisse présager qu'il s'effondrera tôt ou tard.

La tempête s'est un peu calmée et l'orage s'est ostensiblement déplacé afin d'aller porter plus loin sa furie et son châtiment de bruit et de feu.

Je demeure prostrée dans cette position de souffrance et de soumission aux éléments, et je m'accroche aux dernières pièces de bois encore en place mais branlantes et détrempées. Pour l'instant, la dunette est le seul emplacement du navire à se maintenir hors de l'eau mais la houle qui est toujours puissante l'envahit de temps à autre, tandis que le bateau tout entier commence à s'enfoncer inexorablement ; bientôt il sombrera dans des abîmes noirs et insondables et si je ne bouge pas d'ici, je serai tôt ou tard entraînée par le fond avec lui.

A cet effet, je me remémore soudain une conversation familiale que nous avions eue au sujet d'un naufrage survenu quelques années auparavant non loin des côtes provençales. Mon père avait dit que lorsqu'un bateau coule et durant son dernier enfoncement avant de totalement disparaître, il crée une violente aspiration vers le bas à laquelle il est très difficile d'échapper ; cette aspiration est d'autant plus forte que le navire est volumineux et qu'il coule vite. Ainsi, un naufragé se trouvant à cet endroit-là, même un bon nageur, finirait sûrement par se noyer car il serait dans l'impossibilité de résister à ce courant qui l'entraînerait rapidement vers les profondeurs.

J'observe toujours cette vision calamiteuse qui s'offre à moi : il n'y a pas âme qui vive et je ne sais si les chaloupes sont toujours en place ou bien si elles ont été utilisées, mais dans ce cas je devrais voir quelque chose ou au moins entendre des sons de voix, le tintement d'une cloche ou le bruit d'un sifflet. J'appelle de nouveau à l'aide, je crie de toutes mes forces, mais non, seuls le vent et le fracas incessant de la mer me répondent...

Sur l'emplacement où je me trouve, tout près de moi, je découvre ce qui reste d'une porte ; c'est du bois bien épais et malgré tout assez large et solide pour pouvoir m'aider à flotter ou au moins me permettre de conserver la tête hors de l'eau.

Voilà, ma décision est prise, je fais glisser cette planche jusqu'au bord de la dunette qui a fini par s'enfoncer jusqu'au niveau de la mer tout en s'inclinant, car le navire en train de sombrer prend une position de plus en plus penchée vers l'avant, qui deviendra sans tarder totalement verticale ; l'extrémité arrière du bateau est donc la dernière partie à se trouver encore émergée.

Il n'y a plus de temps à perdre, je laisse passer une dernière vague et lorsque le ressac survient je m'allonge prestement sur ma planche de salut et je pousse aussi fort et aussi longtemps que je peux avec mes bras et mes jambes afin de m'éloigner au plus vite de ce navire en perdition. Je me souviens qu'étant toute jeune j'avais eu la chance de pouvoir apprendre à nager, aptitude assez peu courante pour l'époque, et d'ailleurs plus tard j'aimais souvent me rendre durant l'été dans des endroits rocheux en compagnie de mes frères afin de bien profiter de cette eau de mer limpide et chaude. Mais malheureusement, cette nuit les conditions sont très différentes ! La mer est noire, seules quelques traînées d'écume apportent une faible lumière et en plus l'eau est froide et agitée. Les vagues sont nombreuses, bien qu'étant de moins en moins hautes car le vent semble lentement se calmer.

En agrippant toujours fermement ma porte endommagée, je parviens à me retourner dans le but ultime d'observer et d'écouter ce qui provient du bateau ; quelques flammes issues d'objets flottants sont encore visibles mais le malheureux « Lacydon » est définitivement en train de couler. Avec tristesse, j'arrive à entendre le vrombissement occasionné par son enfoncement final ainsi que le sifflement de l'air resté à l'intérieur et qui s'échappe enfin brutalement. Je suis maintenant à quelques encablures du lieu du naufrage et je ne risque plus d'être aspirée ; par contre, les petits feux s'éteignent les uns après les autres et dorénavant je me retrouve dans le noir le plus total, excepté le peu de clarté qu'apporte de temps à autre l'écume venant coiffer la crête des vagues.

Je me sens seule, vraiment seule, j'ai peur et j'ai froid ; l'unique lien qui me reste avec la civilisation, la présence singulière qui peut éventuellement parvenir à me consoler, à me rassurer, c'est justement cette porte abîmée, ce radeau improvisé sur lequel je flotte à la dérive vers je ne sais où, sans doute vers la fin de ma courte existence...

Chapitre III - Seule

A la dérive

Allongée sur cette planche, je réalise que jusqu'à présent j'ai eu beaucoup de chance pour échapper à la fois à l'incendie et à la noyade ; sans compter que j'aurais pu aussi bien être écrasée par la chute d'un mât ou d'une vergue et pire encore mourir d'angoisse et d'une mort particulièrement lente, en restant enfermée dans ma cabine.

Je n'arrive toujours pas à croire que je sois la seule survivante de ce naufrage. Mais que s'est-il donc passé ?

Il semble que la tempête faisait rage, et ainsi que mon frère l'avait annoncé, nous étions en train de la traverser, ou plutôt de la laisser passer en la subissant douloureusement, quand la foudre, selon ce que j'imagine, aurait frappé le grand mât qui se serait mis aussitôt à brûler et à s'effondrer en propageant l'incendie aux autres parties du bateau, et en entraînant aussi dans sa chute le mât de misaine.

Tous ces pauvres gens qui ont dû se précipiter sur le pont en toute hâte et dès la première alerte, ont cru pouvoir sauver leurs vies en se plaçant à l'extérieur, mais au contraire, ils ne se doutaient pas qu'ils termineraient brusquement leurs existences en étant écrasés, brûlés ou bien jetés à la mer ; en outre, dans leur précipitation ils ont dû laisser les écoutilles grand ouvertes, ce qui a ensuite permis à l'eau de rapidement s'engouffrer dans les parties basses du navire, bien que les sabords quant à eux soient restés fermés. Si la porte de ma cabine n'avait pas été bloquée, je serais moi aussi montée sur le pont et j'aurais sans doute enduré le même sort que tous ces malheureux ! Quant à ceux qui sont restés enfermés dans les dortoirs, dans les chambres ou dans les cales du bateau, ils doivent être maintenant tous noyés ; lamentables dépouilles, prisonnières à jamais du ventre désormais ténébreux de ce vaisseau !

Je n'ose penser que c'est le châtiment subi par Samson ainsi que par l'épouse du Capitaine, ma nouvelle amie Héloïse... Mais bientôt, je ne penserai plus à rien car mon esprit s'égare ; je ne parviens déjà plus à mettre mes idées en place et dans ma tête abasourdie tout commence à se brouiller. Les évènements rapides et terrifiants qui viennent de se produire se mélangent de façon constante à la situation hasardeuse et précaire dans laquelle je me trouve actuellement, misérablement couchée sur ce morceau de porte et voguant à la dérive.

Les efforts désespérés que j'ai déployés pour m'extraire de cette cabine qui serait devenue mon tombeau si je n'avais pas été capable de m'évader, m'ont totalement épuisée et m'ont vidée de toute mon énergie ; c'est comme si mon sang ne circulait plus, comme s'il s'était brutalement glacé à l'intérieur de tout mon être, et mes blessures qui me font souffrir d'une douleur aiguë et permanente, me rappellent à chaque instant que je ne suis qu'une pitoyable survivante, destinée sans doute à souffrir bien plus encore...

Durant ces derniers moments d'actions précipitées, j'ai sans doute fait preuve d'un grand courage mais à présent la force et la volonté m'ont abandonnée ; je me mets à pleurer, personne ne peut m'entendre, personne ne peut me voir et mes pleurs ne cesseront jamais car mon chagrin et ma douleur sont immenses... Lorsque la mort viendra me saisir, elle pourra aussi emporter mes sanglots et mes larmes puisque c'est en pleurant que je vais misérablement mourir, prostrée au-dessus de ce radeau improbable et détrempé.

De temps à autre, une vague plus imposante que les autres vient inlassablement envelopper et recouvrir mon corps meurtri et instinctivement, telle un petit animal blessé, je baisse ma tête en retenant mon souffle et je m'agrippe avec tout ce qui me reste de hargne à mon piteux morceau de bois. Mais à quoi bon ? Combien de temps pourrai-je ainsi résister ?

La plupart du temps, je ne bouge plus, je ne fais plus rien ; de toute façon, il n'y a aucune action utile et efficace qui puisse être tentée et toute vitalité, toute hardiesse m'ont quittée. Mes yeux se ferment tout en continuant de sangloter. Machinalement, je serre toujours mon corps contre cette planche en perdition car j'ai peur de cette eau noire et malfaisante ainsi que des bêtes mystérieuses et hostiles qui pourraient la peupler ; mourir noyée ou bien endormie, après tout pourquoi pas ? Mais mourir entraînée vers les profondeurs et finalement dévorée par quelque monstre hideux, alors ça non !

Il me reste peut-être la prière, il me reste Dieu, auquel je crois, mais entendra-t-il mon appel, ma plainte, ma supplique ? Malgré la confusion dans laquelle tout doucement je m'enfonce, je me souviens du visage de Mère lorsqu'elle me disait gentiment : « nous prions toujours pour demander quelque chose au Seigneur mais jamais pour le remercier ; nous nous adressons au créateur uniquement quand nous avons mal, quand nous avons peur ou bien quand nous sommes blessés. » Dans ma situation présente, cette dernière pensée me fait sourire ; tout ceci est bien vrai, ces jours derniers je n'ai jamais pensé à Dieu car tout allait pour le mieux et c'est seulement maintenant, après avoir supporté toutes ces épreuves, que je me mets à invoquer sa pitié et sa miséricorde !

A présent la mer est de nouveau calme ; elle semble me bercer afin peut-être que je lui pardonne. Je laisse mes yeux fermés, tout doucement je sens que je m'endors...

...Cette chaloupe est bien grande et plus profonde que je ne l'imaginais ; tous les trois nous nous sentons à l'aise et en sécurité mais tout de même, la base est remplie d'eau de mer ! Mon frère Samson est fort comme un taureau et il rame sans arrêt en arborant un large sourire. Cependant le moment de notre partie est déjà arrivé. Héloïse mélange les cartes mais soudain elle s'interrompt et me lance un regard fixe, inhabituel chez elle :

— Regardez bien la figure que représente cette carte, Blandine, c'est l'Œil de Satan ; quiconque possède cette carte est certain de gagner la partie car, cette carte magique peut vaincre toutes les autres !

Je me demande tout de même comment nous allons faire pour jouer, poserons-nous les cartes dans l'eau, au fond de la chaloupe ?

Une légère brise vient de se lever, la mer est toute bleue et le soleil brille de mille feux. Mon frère me demande gentiment de hisser la voile, nous allons enfin profiter de l'aide du vent !

— Eh bien Blandine, occupe-toi de la brigantine ainsi que je te l'ai déjà expliqué !

Décidément, cette voile brigantine, elle a toujours la préférence ; mais j'ai beau tirer de toutes mes forces sur le cordage, rien ne se produit, la voile reste pliée.

Ah, voici le Capitaine qui arrive, accompagné par mon père, et il nous conseille de nous occuper plutôt des voiles du grand mât. Père vient tout près de moi et me souffle à l'oreille :

— Souviens-toi, tu m'avais aidé à les préparer, regarde comme elles sont belles !

A présent je suis seule sur le gaillard d'arrière, tout le monde a disparu et il n'y a plus de soleil ; la chaude lumière a fait place à un froid intense et glacial.

Je m'aperçois que je porte des tresses ; elles sont toutes mouillées et couvertes d'un dépôt blanchâtre qui doit être du sel.

Il faut que j'aille dans ma cabine, mais non, ce n'est pas la peine puisque mon lit se trouve ici, sur la dunette, juste derrière moi. Je m'allonge sur le ventre, c'est affreux, mes draps sont tout détrempés et en plus mon lit tangue et roule inlassablement ; je suis obligée de me tenir à ses montants ! J'ai froid, j'ai beaucoup de mal à respirer, je crois bien que je m'étouffe ; de l'eau est entrée dans ma bouche, je tousse plusieurs fois violemment, je soulève ma tête et j'ouvre enfin les yeux : je ne vois que mon radeau de fortune...

Tout ceci n'était qu'un rêve, aussi stupide et désordonné que tous les rêves !

S'il m'est souvent arrivé de m'éveiller heureuse et rassurée à l'issue d'un songe plus ou moins alarmant, ce n'est absolument pas le cas dans ce moment présent car l'éveil actuel est tout aussi inquiétant et funeste que le rêve qui l'a précédé ! Mais curieusement, ce court somme m'a permis de récupérer quelques forces et aussi un peu de volonté ; j'en profite pour regarder ardemment de tous côtés afin de rechercher un quelconque signe de vie, un éventuel symbole d'espoir. Autour de moi tout est toujours aussi noir, sauf dans une certaine direction où le lointain paraît un peu plus clair. Cette lumière diffuse annonce-t-elle la fin de l'horrible et interminable nuit que je viens de passer ? Pourrai-je enfin voir le soleil se lever ? Ce nouvel et encore vague horizon que j'observe avec impatience et dévotion commence à se distinguer du noir profond qui m'entoure grâce à une teinte qui devient progressivement grise. Je dois obligatoirement demeurer orientée face à cette direction et il ne faut plus que je m'endorme. Lorsque la lumière apparaîtra, je serai peut-être capable de déceler la présence d'autres naufragés, de remarquer un navire croisant dans les parages ou bien de découvrir une terre.

Dorénavant la clarté se fait plus vive et je ne peux m'empêcher d'apprécier le spectacle qui s'offre à mes yeux fatigués mais néanmoins émerveillés. Tout au-dessus de moi les nuages gris sont nombreux, mais comme ils sont morcelés, je distingue à travers cette couleur cendrée le bleu si pur du ciel matinal. Un peu plus loin, je ne vois qu'une sombre couche nuageuse qui masque totalement ce beau ciel ; cependant, encore plus loin, apparaissent de merveilleuses couleurs chaudes qui varient de l'orangé au jaune, et enfin à l'horizon quelques fins nuages épars viennent coiffer la mer qui se pare d'une teinte bleu gris. Maintenant je sais que mon espoir est en train de renaître car bientôt un soleil vigoureux et dominant se lèvera et inondera tout le paysage de sa puissante lumière salvatrice.

Néanmoins, seulement vêtue de ma chemise de nuit totalement mouillée et aussi déchirée que des hayons, je ressens soudain un froid encore plus intense et insupportable que durant cette longue dernière nuit. C'est comme si brusquement d'innombrables aiguilles acérées pénétraient à l'intérieur de ma peau et venaient me piquer cruellement et sans relâche. Le haut de mon dos ainsi que mon cou semblent se bloquer à cause de la froidure dans laquelle je suis et mes muscles se paralysent peu à peu ; de même, ma respiration se fait aussi plus lente et difficile. Bientôt, je ne pourrai plus bouger, je demeurerai aussi raide et inerte que cette planche qui me soutient docilement depuis le naufrage. Sans doute me sera-t-il accordé, avant de passer de vie à trépas, d'admirer une dernière fois le soleil quand il commence tout doucement à s'élever au-dessus de la mer infinie. Maintenant la lumière devient de plus en plus vive et je tente encore d'observer l'espace qui s'étire devant moi ; j'hésite... je suis à contre-jour, mes cils sont mouillés, mes yeux peinent à regarder et je ne suis plus sûre de rien. Ce que j'avais d'abord pris pour le sommet d'un petit nuage arrondi pourrait aussi bien être une colline se profilant non loin de moi. Il faut que j'endure ma souffrance encore un peu et que je résiste aux infâmes piqûres du froid ; je ne dois surtout pas perdre connaissance car si ce qui apparaît à mon regard ébloui est bien une terre, alors il est indispensable pour ma survie que je la garde en vue et que j'essaie, grâce aux maigres forces qui me restent, de me diriger vers ce nouveau littoral...

Pantelleria

Un lever de soleil paraît ne jamais vouloir se produire, surtout lorsque nous l'attendons avec désir et impatience, mais dès que l'astre du jour daigne enfin se montrer, il poursuit très vite son ascension au-dessus de l'horizon et c'est bien à ce majestueux spectacle qu'il m'est à présent donné d'assister. Dorénavant, la lumière du jour me permet de bien distinguer les couleurs et je constate avec bonheur que je suis bien en train de découvrir une colline, car ce que je parviens à voir est recouvert d'un manteau vert tendre, correspondant sans doute à une végétation de plantes basses et d'arbrisseaux. La clarté du matin met aussi en évidence ma proximité relative à cette côte ainsi que le léger courant qui semble lentement me porter vers ses rivages.

Mes yeux demeurent fixés sur cette bande de terre, et toujours allongée sur mon piteux morceau de bois, je décide à l'aide de mes mains disposées de part et d'autre de pousser l'eau vers l'arrière afin d'accélérer mon rapprochement en direction d'une minuscule crique dont j'ai pu remarquer la présence, juste en dessous du faible relief que j'avais tout d'abord aperçu. Curieusement mes forces qui s'amenuisaient à cause du froid et de l'extrême fatigue dans laquelle je me trouvais semblent soudain en partie revenues et je me mets donc à entreprendre de ramer frénétiquement avec mes bras. Mais c'est bien là l'énergie du désespoir et je ne sais combien de temps cet état d'extrême excitation va pouvoir durer. D'ailleurs je commence à me demander si je ne deviens pas aussi la victime d'hallucinations et de fausses sensations car au beau milieu de cette mer toujours froide, j'ai conscience par moments d'être entourée d'une eau plutôt chaude et cette impression de chaleur devient d'autant plus fréquente et accentuée que je me rapproche du fond de cette petite baie.

Est-ce que je souffre d'une mauvaise fièvre ? Suis-je malade ? Oui, sûrement, car éprouver une telle chaleur dans les conditions où je me trouve actuellement et surtout après la nuit à laquelle j'ai pu si difficilement survivre, ne peut être que le résultat de divagations provoquées par un état fortement fiévreux. Si de l'avis des docteurs, les mourants ressentent un grand froid juste avant leur dernière agonie, en ce qui me concerne, je percevrai plutôt une intense chaleur !

La petite plage n'est plus qu'à une encablure et je distingue à présent des rochers assez sombres qui présentent même à certains endroits un aspect noirci, comme si un incendie était passé par là, bien qu'apparemment il n'y ait pas grand-chose à brûler dans ce lieu isolé ; à moins que cette noirceur ne soit que l'effet du contre-jour. Le léger ressac me permet enfin de m'échouer sur la grève. La porte qui m'a sauvé la vie en me servant de minuscule embarcation vient juste de stopper son avancée en raclant soudainement le fond recouvert de galets. Je reste encore immobile, la fièvre qui a envahi mon corps a contribué à bien me réchauffer et je me laisse ainsi bercer par le faible mouvement des vaguelettes venant doucement faire osciller mon petit radeau. Je réalise que je suis sauvée, que j'ai pu survivre à ces évènements horribles et que le danger le plus effroyable est passé. Mon fidèle bracelet en or est resté fixé à mon poignet mais le séjour prolongé dans l'eau de mer lui a enlevé sa belle couleur dorée et l'a rendu sinistrement terne. Je vois mon prénom, Blandine, gravé sur sa surface et cela me fait penser à mon existence passée au sein de ma famille, existence toujours heureuse et insouciante. L'émotion que je ressens maintenant et toute l'angoisse que j'ai accumulée, toute la peur que j'ai endurée et cachée au plus profond de mon être afin de résister à l'anéantissement, tout le chagrin occasionné par la disparition de mon frère émergent brusquement de ma personne en un torrent de larmes que rien ne semble pouvoir arrêter. Mes sanglots répétés et convulsifs font trembler tout le haut de mon corps meurtri dans un mouvement incohérent et saccadé, mais peu à peu, épuisée et vaincue, n'ayant plus assez de larmes au fond de mes yeux, ne trouvant même plus aucune larme à verser, une immense lassitude finit par me gagner et je parviens lentement à me calmer et à cesser mes pleurs.

Je caresse paresseusement la surface des flots avec le bout de mes doigts, cette eau est tiède, et par moments elle semble également devenir assez chaude. Mais où suis-je ?

Je viens tout à coup de m'apercevoir que les sensations que j'ai eues lors de mon approche en direction de ce lieu n'étaient pas dues à un accès de fièvre mais au voisinage de courants marins plus ou moins chauds et qui sont devenus plus abondants et étendus au fur et à mesure que je m'approchais de cette crique. Mon esprit fatigué ne parvient que très difficilement à produire un raisonnement sensé mais je pense bien me trouver en présence d'une terre volcanique. Tant bien que mal, je me souviens d'un certain enseignement dont j'avais bénéficié au sujet des volcans et qui justement décrivait leurs cortèges de lave, leurs jaillissements d'eau bouillante ainsi que les multiples roches calcinées qui demeuraient ensuite à proximité de ces monstres de feu, dans un spectacle de désolation. Mais par chance, ici même les éruptions volcaniques ont du se produire au cours d'une période très ancienne et seuls les rochers et les galets de couleur noirâtre apparaissent, ainsi que vraisemblablement quelques sources souterraines rejetant de l'eau bouillante ; quant au sable qui recouvre la plage jusqu'à atteindre la végétation du bas de la colline, il s'apparente plutôt à une sorte de boue grise et saumâtre sur laquelle de nombreuses algues se sont échouées et ont finies par s'engluer.

Cependant, la faim et la soif me tenaillent ; à cause de cette maudite tempête, j'ai pris mon dernier vrai repas il y a déjà deux jours et j'ai seulement pu boire une infusion le soir qui a précédé le naufrage. Il faut donc absolument que je me désaltère et que je me nourrisse, d'ailleurs j'ai tellement faim que je pourrais pratiquement manger n'importe quoi : des crabes, des algues, des plantes, des baies, mais il ne faut pas non plus que je m'empoisonne car je ne connais pas ce lieu ni ce qui peut y pousser !

Allez ! Je dois me décider ! Je descends prudemment de mon embarcation précaire et j'essaie de me mettre debout mais aussitôt je titube et à la manière d'un corps inanimé, je m'effondre dans ce mélange d'eau, de galets et de sable. Evidemment je devais m'attendre à une telle mésaventure car non seulement je suis dans un état de faiblesse extrême et je ressens en permanence des vertiges, mais comme je suis longtemps restée allongée tout en étant particulièrement contractée, j'ai perdu toute aisance et capacité à me tenir debout ; je me trouve donc à demi recouverte par le faible ressac qui dans le même temps fait circuler sur mon corps un peu de ce sombre limon. Néanmoins, à ma grande surprise, je goûte avec bonheur les bienfaits apportés par ces éléments qui viennent délicatement caresser ma peau et soigner mes abondantes blessures et contusions, en agissant comme autant de remèdes et de pansements salutaires. Je masse doucement mon visage ainsi que toutes les parties de mon corps blessé et meurtri en utilisant cette boue bienfaitrice mêlée de quelques grains de sable, et ensuite je me rince abondamment avec cette eau agréable et tempérée, mélange d'eau de mer passablement fraîche et d'eau douce en provenance de sources brûlantes et volcaniques.

Il faudra que je recommence ces soins plus tard dans la journée et aussi durant les jours suivants mais à présent je dois parvenir à atteindre l'extrémité de cette plage et rejoindre ce maquis afin de trouver de l'eau, de la nourriture et aussi un abri pour me réfugier et me cacher. Je ne vais pas de nouveau tenter de me lever car je serai sûrement encore gagnée par le déséquilibre ; alors il ne me reste plus qu'à me déplacer à la manière d'un très jeune enfant, en posant les paumes de mes mains sur le sol spongieux et en avançant poussivement à l'aide de mes genoux. Mon chemin jusqu'au maquis sera long et pénible mais au moins je pourrai ainsi parvenir à la limite de la zone sablonneuse en demeurant à peu près saine et sauve et aussi sans risquer de tomber. Néanmoins je ne dois pas traîner car je ne sais pas du tout dans quelle contrée je me trouve ; peut-être suis-je dans le Sud de l'île de Sardaigne ou bien en Sicile ? Cette terre appartient-elle à un royaume barbaresque situé quelque part dans le Nord de l'Afrique ? Ai-je abordé sur une île déserte ? En tout cas, il faut éviter que ma présence soit remarquée, car dans un tel état d'affaiblissement je ne pourrai ni fuir, ni me défendre ; en outre, je ne suis vêtue que d'une chemise de nuit en partie déchirée et je préfère ne pas attirer les regards avides et indiscrets de rôdeurs éventuels.

Après de nombreux et douloureux efforts, je réussis enfin à atteindre le maquis ; pour le moment sa végétation dense me protège et cela constitue pour moi un grand soulagement, mais il devient vraiment indispensable que je me désaltère. Sur quelques rochers, je remarque çà et là de petites anfractuosités plus ou moins creusées par l'érosion et remplies d'eau claire; sans doute s'agit-il d'un reliquat des eaux de pluies tombées ici même lors de la dernière tempête. Je m'empresse de rincer mes mains et mes bras, qui sont en partie couverts de boue, ainsi que mon visage dont je n'ose imaginer l'aspect, et cette ablution d'eau fraîche me fait le plus grand bien, surtout après cet éprouvant périple à travers la plage. La soif me brûle de plus en plus la gorge et je repère aussitôt d'autres flaques plus larges et profondes ; délicatement, en essayant de ne pas remuer le fond de ces récipients naturels, je récupère dans le creux de ma main un peu de cette eau que je porte aussitôt à mes lèvres et que j'avale très lentement, car n'ayant pas bu depuis longtemps cela me fait terriblement souffrir. Combien de fois ai-je répété cette opération ? Je ne saurai le dire ; mais néanmoins, après de longs moments passés à boire délicatement l'eau de ces flaques, je parviens enfin à étancher ma soif et ma gorge devient moins sensible. Curieusement, le fait d'avoir bu autant d'eau a un peu limité la sensation de faim qui me tenaillait sans cesse depuis la nuit dernière.

Ah, le sort des naufragés ! Tel qu'il est décrit dans certaines historiettes ou dans la plupart des romans pour enfants, ce sort-là est toujours bien enjolivé ! Il semble même que ce type d'expérience puisse procurer du plaisir et une situation presque enviable ou idéale ! Malheureusement la réalité n'est pas aussi douce ; la naufragée que je suis n'ira pas récupérer dans l'épave du bateau tout ce qui lui est nécessaire pour assurer sa survie car justement, il n'y a pas d'épave ! D'ailleurs, par rapport à ce que j'ai pu observer, il n'existe ici que des rochers mornes et gris, des plages recouvertes d'une boue saumâtre et chaude et un maquis inextricable et sans aucune fertilité. Ainsi, pouvoir se nourrir, se vêtir ou fabriquer une cabane nécessitera une éternité de labeur et de souffrance ! Si j'ai pu survivre à ce naufrage, il n'est pas certain que je puisse survivre à cette pitoyable expérience de naufragée. J'en suis réduite à me comporter comme un être à demi-sauvage qui en permanence passe son existence à la recherche de sa pitance, de ses cachettes et de son repos. Telle que je suis pour l'instant, à demi-nue, je sais que je devrai endurer le froid de la nuit, la piqûre du vent, les assauts de la pluie ou bien les brûlures du soleil...

A présent, je vais une nouvelle fois essayer de me mettre debout car si je ne tente pas cet ultime effort dès maintenant, je sombrerai très vite dans un anéantissement semblable à celui d'une bête blessée, et un sentiment d'intense désespoir me conduira inexorablement vers une interminable et cruelle agonie.

Non loin du lieu où je me trouve et dont les roches qui parsèment le sol m'ont servi d'abreuvoir, j'ai repéré quelques arbustes chargés de baies à l'aspect granuleux et aux couleurs variant du jaune orangé au rouge sombre. Je parcours aussitôt cette courte distance en utilisant le même mode de déplacement, peu élégant mais efficace, qui m'avait auparavant permis de rejoindre prudemment ce maquis. Parvenue en dessous du premier de ces arbrisseaux, je découvre que beaucoup de petits fruits sont déjà tombés sur le sol, arrachés sans doute par le vent et les pluies qui ont sévi durant les jours précédents ; précautionneusement j'essaie de porter l'un d'entre eux à mes lèvres, après avoir abondamment soufflé dessus afin de chasser la terre que recouvre en partie sa surface, et timidement je le goûte. Le fruit est mou, gorgé d'eau et presque moisi ; je le recrache immédiatement, non sans ressentir quelques frissons de dégoût. Il faut donc plutôt que je mange ceux qui sont encore suspendus aux branches, et à cette fin je viens me placer tout contre le tronc du premier de ces arbres que j'enserre tout de suite entre mes bras afin de bien pouvoir me maintenir, et je pousse enfin avec mes jambes dans l'intention de me lever. Ca y est ! Je tiens debout, mais non sans mal, et heureusement que ce tronc m'aide à garder mon équilibre...

Une araignée ! J'ai toujours eu horreur de ces bêtes-là et celle qui vient de passer très vite sur l'écorce et à proximité de mon visage m'a fait pousser un cri de frayeur ; par chance elle a disparu aussitôt mais elle était franchement hideuse, toute noire et aussi grosse que l'ongle de mon pouce ou que l'un des fruits que je me propose de cueillir ! Je choisis donc une baie qui arbore une belle couleur orangée et délicatement je la détache du rameau auquel elle est accrochée ; je commence à mâcher lentement, en espérant bien que ce petit fruit soit comestible, ou au moins qu'il ne contienne pas de poison, mais de toute façon il ne me reste plus aucun choix... Par rapport à celui que j'avais goûté sur le sol, celui-ci est plus sec mais par contre il est particulièrement amer ; je ne vais pas non plus tenter de consommer les baies de couleur jaune qui seraient sans doute encore plus acides, mais seulement les fruits parfaitement rouges encore présents sur l'arbre. Finalement ces derniers ne sont pas mauvais, bien qu'étant un peu trop mûrs ; en effet, ils sont en permanence prêts à tomber sur le sol et c'est avec une extrême facilité qu'ils se détachent de leur support. Les arbres que voici sont assez étranges : en cette saison printanière, ils portent à la fois des fleurs ainsi que des fruits de maturité totalement différente et dont certains sont déjà en train de pourrir sur le sol. Je ne sais de quelle espèce il s'agit mais comme ces fruits n'ont pas l'air de me rendre malade, je décide donc d'en faire ma pitance et ce sera toujours mieux que de mourir de faim !

Tout comme avec l'eau que j'ai bue sans cesse, je choisis de manger un grand nombre de ces fruits, en circulant d'un arbrisseau à l'autre, et sans jamais m'arrêter mais en évitant également de les consommer trop vite et goulûment. Lorsque je parviens enfin à calmer ma faim, sans pour autant être rassasiée, je remarque avec satisfaction que mes jambes sont redevenues assez fortes pour me porter à peu près correctement et que mes sensations de déséquilibre ont presque disparu.

Jusqu'à présent j'ai donc réussi à panser mes plaies, à me déplacer, à me désaltérer et aussi à me nourrir. Ce n'est déjà pas si mal !

Toutes ces activités ont duré une grande partie de la matinée et maintenant il fait beau et chaud ; il faut que je me mette en quête d'un quelconque abri ou bien que j'essaie d'en fabriquer un avec des pierres, des branchages et des feuilles. Ainsi je pourrai me reposer durant le reste de la journée et aussi pendant la nuit prochaine, en espérant qu'il ne fasse pas trop froid. Néanmoins, à ce sujet j'ai bien ma petite idée. En effet, entre la crique où j'ai accosté et le maquis dans lequel je me trouve, j'ai remarqué par endroits que le sol était chaud ; ceci est sans doute dû à la présence d'eaux souterraines brûlantes ou de vapeurs circulant sous la surface. Je dois nécessairement établir mon refuge dans l'un de ces lieux et à cette fin je décide de retourner vers la plage ; peut-être découvrirai-je une grotte dont le sol est ainsi réchauffé ou bien quelque chose de semblable. Je suis à peine sortie du maquis et revenue à l'extrémité de la petite plage, quand soudain un amoncellement de rochers attire mon attention ; je n'avais pas pu remarquer cette particularité lors de mon précédent passage car mon visage était principalement tourné vers le sol. Ces blocs de couleur sombre, dont certains sont en partie recouverts d'une mousse verdâtre et brune, ont dû depuis bien longtemps tomber de la falaise qui surplombe la crique. Je m'approche afin de mieux examiner ces roches ; elles ont l'air stables car entassées les unes sur les autres ou alors brisées et encastrées dans celles qui les ont précédées en chutant sur le sol. Ensuite le temps semble les avoir soudées en accumulant du sable, de la boue et des feuilles à l'intérieur de toutes les fissures demeurées entre elles. Je touche cet amas de blocs, j'essaie, avec les forces qui me restent, de pousser l'un ou l'autre de ces rochers mais rien ne bouge, l'ensemble demeure immobile et apparemment ne risque pas de s'effondrer ; puis, en tournant autour de cette masse minérale, je remarque une minuscule ouverture située tout en bas, entre deux gros blocs. Je regarde vers l'intérieur mais c'est trop sombre, je ne parviens pas à distinguer quoi que ce soit, et je devrai donc me glisser dans cette anfractuosité afin de poursuivre mon exploration. L'ouverture est assez étroite et cela m'oblige à ramper tout doucement à la manière d'un reptile; une fois sous les rochers, je demeure patiemment allongée et immobile, à l'écoute de bruits éventuels et aussi en laissant mes yeux s'habituer à l'obscurité. J'espère que cet endroit n'est pas un repère de serpents ou d'araignées ! Mais non, je n'entends rien, aucun son, aucun bruissement, seulement la mer et son ressac léger et régulier ainsi que le frémissement des feuillages proches dans la chaude brise de la mi-journée. Mes yeux commencent à s'acclimater aux ténèbres régnant sous ces blocs de pierre et tant bien que mal je peux explorer visuellement le lieu où je me trouve. La chute de ces rochers a créé une sorte de minuscule abri à l'intérieur duquel j'ai donc la place d'allonger mon corps mais aussi de demeurer assise ; par contre, il est impossible de se mettre debout et finalement c'est préférable car ainsi cet endroit, qui n'est pas véritablement une grotte, ne peut intéresser personne et en outre, il faut y pénétrer en rampant ! Le sol est tiède et c'est exactement ce que je recherchais. Je dégage prestement les cailloux qui encombrent ma future couche, j'enlève quelques brindilles et aussi des feuilles, jusqu'à ce que je puisse m'étendre sur cette terre sèche et souple. Il est enfin temps pour moi de goûter un repos bien mérité et de m'endormir dans la sérénité ; demain j'aurai tout le temps de débuter l'exploration de cette mystérieuse contrée...

Maintenant je réalise que depuis le départ du « Lacydon », je vais passer ma première nuit sans être en permanence ballottée dans toutes les directions, et malgré la situation précaire et misérable dans laquelle je me trouve, j'apprécie particulièrement ce sol stable et immobile ! Mais déjà, je n'arrive plus à garder mes yeux ouverts et je sens qu'un irrésistible engourdissement commence à me gagner ; tantôt je n'entends plus que le faible souffle de ma propre respiration qui m'accompagne aimablement vers l'inconscience et le sommeil...

— La disgraziata ! La miserabile !

Je m'éveille en sursaut. Où suis-je ? Ah oui, je suis dans ma cachette. Je tressaille et je pousse un cri de frayeur ! Je distingue la silhouette d'une personne qui se tient à genoux, tout près de moi. Elle pose sa main sur mon front, me caresse les cheveux et n'a de cesse de répéter avec sa voix éraillée des mots que je ne comprends pas :

— La bella, ma, la povera ragazza !

Je reprends mes esprits... En effet j'ai eu très peur car mon réveil a été brutal et déconcertant, mais ce que je pense être une dame âgée ne montre aucune hostilité à mon égard et révèle même une attitude de gentillesse, puisqu'elle caresse sans arrêt ma tête avec une grande douceur. Et puis ses doigts descendent lentement le long de mon bras, elle prend ma main dans la sienne et m'invite à la suivre vers l'extérieur. Bien qu'étant âgée, elle est leste, habile, et elle rampe à travers l'étroit passage avec aisance et vélocité ; apparemment elle devait déjà connaître cet abri et venait sans doute le visiter de temps à autre. Je la suis et nous nous retrouvons toutes les deux face à face, à côté de l'amoncellement de rochers.

Il fait grand jour, j'ai dû dormir durant toute l'après-midi et la nuit qui suivit, ainsi que la première partie de cette matinée. La vieille femme se place très près de moi, elle me dévisage et me regarde de haut en bas, tout en marmonnant des mots incompréhensibles et en tenant de nouveau ma main. A présent je peux mieux l'observer. C'est une petite femme, elle est âgée mais se tient bien droite ; son visage au teint hâlé est ridé, même buriné et ses yeux, tellement sombres que l'on ne peut distinguer la pupille de l'iris, sont extrêmement expressifs et toujours en mouvement. Elle porte une robe noire, élimée et râpée, qui couvre entièrement son corps depuis le bas des jambes jusqu'aux épaules, ainsi qu'un fichu, noir lui aussi, soigneusement noué sur sa tête et masquant en partie ses cheveux blancs. Enfin elle tient dans sa main assez robuste un gros bâton qui lui sert à l'occasion de point d'appui. Je n'ai plus du tout peur et je reprends confiance. Je désigne le sol et tout le paysage qui nous entoure en lui demandant où nous sommes mais je sais qu'elle ne comprend pas ma langue et je répète donc mes gestes en écartant les bras, en montrant la terre avec mes mains et en relevant la tête en signe d'interrogation. Elle saisit tout de suite le sens de mes mimiques, se met à sourire, pointe son doigt noueux vers le sol et enfin elle s'exclame :

— Qui ? Pantelleria , isola di Pantelleria !

Et elle insiste en articulant bien ce mot :

— Pantelleria !

Les pauvres gens

« Isola », cela doit vouloir dire isolé ou île, ou bien les deux à la fois ; ce lieu où j'ai accosté serait donc une île nommée Pantelleria…

De nouveau la vieille dame m'invite à la suivre. Elle est chaussée de simples sandales mais sa démarche est rapide et son agilité est grande ; néanmoins elle remarque mes pieds nus et aussitôt elle ralentit son allure. Nous montons lentement en direction de la colline et à travers le maquis que j'ai déjà en partie découvert. Nous sommes enfin parvenues au point le plus élevé, et là elle s'arrête et me montre le paysage ; il s'agit bien d'une petite île dont je peux maintenant examiner les contours. Je vois quelques minuscules criques, similaires à celle dans laquelle je suis arrivée, et bordées de falaises de faible hauteur. Certaines zones côtières sont plates et englobent des plages passablement étendues ; le centre de cette île ainsi que la colline sur laquelle nous nous trouvons sont entièrement recouverts d'une végétation plutôt basse et sèche mais particulièrement dense, et tout à l'Ouest, au fond de la plus grande baie, se trouve un petit port qui est apparemment le seul endroit habité de l'île. Nous descendons toutes les deux vers ce modeste village, tout de même situé assez loin de notre position actuelle, en suivant un sentier parfois escarpé et quelquefois obstrué par des branchages, des ronces ou bien des rochers ; souvent la dame âgée décide de faire une halte, non pas parce qu'elle est fatiguée, mais au contraire pour préserver mes pieds meurtris. Nous n'échangeons aucun mot car nous ne nous comprendrions sans doute pas, néanmoins nos regards se croisent bien souvent et un sentiment de complicité et d'amitié se dégage de nos expressions mutuelles.

Après cette marche qui m'a paru plutôt longue et pénible, nous approchons peu à peu le village, mais au dernier détour de notre sentier deux énormes molosses au pelage sombre et au museau tombant et baveux nous barrent la route et se dirigent tout de suite vers moi en aboyant d'un air menaçant ; la vieille dame s'attendait sûrement à un tel accueil et elle les réduit au silence en agitant son gros bâton et en criant :

— Forza, basta cosi !

Les chiens viennent me sentir et s'éloignent en nous laissant tranquilles.

Nous entrons enfin à l'intérieur du village et je découvre qu'il n'est constitué que de simples maisons en pierre et en bois, aux toits légèrement inclinés et dont les volets, faits de simples planches, apparaissent abîmés et très écaillés. Aussitôt qu'ils nous aperçoivent, quelques enfants courent vers nous, tant ils sont surpris par ma présence et curieux de me découvrir ; l'un d'entre eux s'approche de moi et essaie de toucher mes hayons, mais ainsi que ses compagnons il est prestement chassé par la vieille femme qui devient à cet effet particulièrement autoritaire et leur crie ces quelques mots :

— Fila via, e lasciateci in pace !

Je comprends son attitude et j'apprécie qu'elle ne veuille pas qu'on puisse me voir pareillement dévêtue ; ainsi elle cherche à me protéger et à me cacher des regards indiscrets tant que je ne suis pas encore parfaitement présentable vis à vis de cette petite communauté. Toutefois, j'ai de la chance car hormis ce groupe d'enfants, le village a l'air désert ; en effet, à ce moment de la journée, tous les hommes doivent être sur leurs barques en train de pêcher tandis que les femmes vaquent sans doute à leurs diverses occupations, aussi bien à l'intérieur de leurs modestes habitations que dans les diverses plantations, probablement disséminées sur l'île.

La vieille dame me considère comme sa chose, comme le petit être malheureux et sans défense qu'elle a découvert, comme sa poupée. Elle m'entraîne vers sa maisonnette et aussitôt nous y entrons ; c'est une modeste demeure qui ne comporte qu'une seule pièce éclairée par deux fenêtres donnant directement vers l'Ouest, vers le port et vers l'immensité de la mer. Tout au fond, une cheminée en pierres de lave aux formes irrégulières procure à cette précaire habitation une réconfortante apparence. Quelques braises rougeoient encore sous la cendre de cet âtre au-dessus duquel est suspendue une grande marmite en fer ; je ne sais ce qui se prépare à l'intérieur de cet antique chaudron mais le fumet qui s'en dégage est particulièrement attirant...

Ici le mobilier est passablement succinct : une grande table en bois brut, usée, noircie et entaillée à certains endroits est située au beau milieu de la pièce ; elle est entourée de quatre chaises de même facture et qui semblent plus ou moins bancales. Les deux côtés de cette salle commune, qui demeurent plutôt dans l'obscurité, sont chacun fermés par un rideau de couleur marron à l'aspect délavé, et je suppose que ces tentures cachent les lits.

Dans un meuble bas placé sous l'une des fenêtres, la vieille femme prend une assiette creuse, une cuillère et aussi un verre. Elle me fait signe de m'asseoir et saisissant une écuelle dans le même meuble, elle me sert une bouillie d'allure bien peu appétissante mais que je commence néanmoins à manger fébrilement car la faim me fait de nouveau souffrir ; cependant je trouve cette nourriture, au goût prononcé de pois chiches, assez bonne. Ensuite elle me verse à boire une eau aussi fraîche que douce et m'offre des fruits, quelques délicieuses cerises accompagnées des mêmes baies que j'avais ramassécs auparavant ; d'un air interrogateur, je les lui montre du doigt et aussitôt elle s'exclame :

— Si, corbezzolo, buono gusto !

Lorsque j'ai débarqué sur cette île, j'ai survécu à la manière des êtres humains de l'époque antédiluvienne, j'étais sans doute devenue une sorte de femme des cavernes, mais à présent je reprends tout doucement goût à la civilisation, même si celle-ci apparaît misérable.

Non loin de l'âtre, une grande bassine est posée sur le sol et la dame âgée m'invite à ôter mes haillons et à m'y installer, puis elle sort chercher de l'eau dans le petit bassin situé devant l'entrée de la maisonnette ; cette femme est forte, elle revient à l'intérieur en portant un baquet presque entièrement rempli de cette eau qui s'est sans doute bien réchauffée grâce au soleil ardent de cette matinée. Gentiment elle me donne une grosse éponge de forme irrégulière ainsi qu'un savon et je commence allègrement une toilette complète. Faisant suite à mon expérience de naufragée, ce retour à la propreté me procure un immense bonheur. La vieille dame m'aide ensuite à me rincer et à m'essuyer et enfin elle me présente une robe en toile de couleur écrue ainsi que des sandales ; elle n'a pas manqué de remarquer mon bracelet en or et après l'avoir longuement admiré, elle décide de me l'emprunter afin de le nettoyer et d'essayer de lui redonner sa brillance et son apparence dorée. Puis elle le touche, le caresse, et regarde avec insistance la gravure qui représente mon prénom ; elle ne sait pas lire et son regard devient interrogateur. A ce moment-là, je pose la main sur ma poitrine et je lui dis :

— Blandine !

Elle me sourit et répète :

— Si, Blandina !

Et aussitôt elle s'exclame en se désignant elle-même :

— Io, Francesca, vecchia Madre Francesca !

Me voilà fin prête et comme dit Francesca, je suis dorénavant « una bella ragazza ».

Le reste de la journée se passe dans la joie et la bonne humeur ; la « Madre Francesca » se fait un devoir de me présenter à tout le village. Ici, elle est la personne la plus ancienne, la plus respectée et fait un peu office de chef de clan. En effet, elle peut se permettre d'entrer dans toutes les maisons dès qu'elle le souhaite et les gens l'accueillent toujours d'une manière particulièrement chaleureuse.

Les habitants de cette île sont très volubiles et exubérants ; lorsque Francesca leur explique les mésaventures que j'ai vécues, ils réagissent avec force émotions et tous se mettent à parler de façon animée, en explicitant leurs dires à l'aide de leurs mains, dont les mouvements nombreux et incessants me permettent presque de comprendre l'ensemble de la conversation.

La famille avec laquelle je vais vivre désormais se compose de la « vecchia Madre » ainsi que d'un couple d'âge moyen. L'épouse, aimable et souriante, est apparemment la fille de Francesca ; quant au mari, plutôt silencieux et bourru, il exerce le dur métier de marin pêcheur, à l'instar de tous les hommes vivant ici. Je suis arrivée à comprendre que leurs garçons ont quitté cette île depuis bien longtemps, sans doute vers la Sicile voisine et ce dès qu'ils ont été en âge de devenir autonomes, afin d'apprendre un métier et de mieux gagner leur vie.

Ma nouvelle existence commence lentement à s'organiser avec cette petite famille ainsi qu'au sein de cette communauté villageoise. Lorsque j'habitais encore avec mes parents, j'avais souvent l'occasion de les aider dans différentes activités, notamment pour le travail nécessaire à la voilerie, mais il m'arrivait aussi de participer à certaines tâches ménagères avec Césarine ; ici c'est pareil, j'essaie en permanence de me rendre utile car il y a tous les jours beaucoup de choses à faire et les ressources ou les moyens sont peu nombreux, ainsi tout ou presque doit être exécuté à la main. Peu à peu j'apprends des travaux que je ne connaissais pas, j'apprends le dur labeur des pauvres gens, le labeur qui fait des mains calleuses et abîmées, le labeur qui donne à tous un teint hâlé et un visage ridé...

Avec les femmes du village, je travaille souvent à l'extérieur et nous marchons beaucoup ; nos travaux de cueillette et d'entretien de la terre et des plantations sont longs et fastidieux. Lorsque le soir venu je rentre vers ce qui est désormais mon foyer d'adoption, je procède tout de suite à une toilette sommaire au petit bassin devant la maisonnette, je prends un repas frugal en compagnie de ma nouvelle famille et après avoir aidé Francesca et sa fille dans leurs diverses tâches, je me couche aussitôt, totalement éreintée. Etant donné qu'à l'intérieur de notre habitation il n'y a que deux lits, je dois dormir avec Francesca. Notre sommeil est lourd, profond et nous nous réveillons très tôt, peu avant le lever du soleil, afin de préparer la nourriture de notre homme, de notre marin. Francesca se fait mon interprète et demande tous les jours aux pêcheurs si lors de leurs sorties en mer ils n'auraient pas aperçu des naufragés, des survivants ou bien les restes d'une épave, mais leurs réponses sont toujours les mêmes : tout ce qu'ils arrivent quelquefois à remarquer ne sont que des malheureux morceaux de bois ou des planches pourries flottant à la dérive...

Bien que la vie au sein de cette communauté contribue à me changer les idées et à me faire surtout penser à mon existence actuelle, mon chagrin demeure prégnant et je ressens toujours au plus profond de mon cœur un grand vide et une angoisse perpétuelle. Mes parents et Césarine ont-ils déjà été informés au sujet de cette tragédie ? Mon cher frère Samson est-il encore en vie ? Et si par bonheur c'était le cas, où peut-il donc bien être ?

Sur cette île, les jours s'égrènent tranquillement et à leur rythme ; je fais maintenant partie de ce village, je suis « la bella ragazza del regno di Francia » ! J'effectue beaucoup d'efforts pour comprendre cette langue aux accents latins, et à force d'écouter ces gens parler je parviens même à apprendre quelques mots ; par chance, de nombreux gestes et mimiques alimentent tous les dialogues et la compréhension devient ainsi assez facile !

En compagnie de Francesca et d'autres femmes, nous sommes souvent revenues dans cette petite crique qui m'a vue accoster ici au premier jour, telle une misérable naufragée totalement désemparée. J'ai appris depuis que la boue présente sur ce sol est très bénéfique pour soulager les divers maux qui parfois nous accablent : plaies, douleurs ainsi que le mauvais état des jambes.

Je revois non sans émoi mon vieux morceau de porte, mon radeau de fortune, ma planche de salut, qui est resté là, posé sur les galets, et qui tout doucement a tendance à se fondre dans cette plage en redevenant un simple morceau de bois mort. Je contemple le chemin que j'avais parcouru, presque nue, à l'aide de mes mains meurtries et de mes genoux ensanglantés mais les traces de mon passage ont depuis longtemps disparu, effacées à jamais...

Quelquefois avec Francesca, par jeu, nous nous glissons sous cet amas de rochers qui fût mon premier refuge, et nous restons là toutes les deux immobiles, jusqu'à ce que l'une ou l'autre éclate de rire, puis nous sortons et retournons vers le hameau. Comme lors de ma première arrivée, les enfants me rejoignent en courant et me suivent, d'ailleurs j'aime beaucoup leur compagnie ! Les deux molosses ne me font plus du tout peur car maintenant ils me connaissent, je suis devenue une fille de ce village et j'apprécie que ces bêtes impressionnantes soient les fidèles gardiennes de notre petite communauté.

J'ai un peu perdu la notion du temps, la notion des jours, mais un beau matin, alors que je travaille à cultiver la terre avec les femmes, je vois soudain Francesca accourir vers moi toute excitée et je l'entends s'écrier :

— Vieni, vieni, una nave del Regno di Francia !

Une Goélette nommée « Baguenaude »

Soudain mon cœur bat à tout rompre car j'ai bien compris qu'un bateau français venait d'arriver à Pantelleria. Evidemment il ne peut être question du « Lacydon » mais s'agit-il d'un vaisseau de la marine royale ou bien d'un navire de commerce ?

Je ne sais pas encore pourquoi, mais je ne peux me rendre au port afin de découvrir ce bâtiment ; en effet Francesca et sa fille m'entraînent rapidement vers notre maisonnette, et à peine arrivées elles tiennent conseil.

Je suppose que les vaisseaux de commerce accostant ici pratiquent le troc avec les villageois et sans doute aussi un peu de contrebande. Mais là n'est pas le sujet abordé, car la conversation porte principalement sur ma personne et mon départ éventuel ; apparemment ce bateau retournera d'ici un ou deux jours vers le royaume de France et entre autres vers ma cité phocéenne, ce qui constitue pour moi une occasion inespérée de retrouver les miens.

Après une courte discussion, Francesca et sa fille se mettent d'accord au sujet de l'attitude à adopter afin que je puisse voyager sans rencontrer de problèmes avec l'équipage. Il est donc décidé que la « bella ragazza » soit déguisée en un « banale ragazzo ». Ainsi, une fois mes cheveux coupés et habillée comme un garçon, je pourrai donc embarquer sur ce navire et rentrer chez moi, en espérant qu'au cours de ce voyage, l'équipage ne s'aperçoive pas de cette supercherie. Je serai d'ailleurs présentée au capitaine demain matin et je lui raconterai donc les évènements passés ainsi que le naufrage du « Lacydon » tels qu'ils se sont produits, en précisant que j'étais embauché à bord en tant que simple matelot faisant office d'aide cuisinier ; par chance, ma voix n'est pas trop aiguë et en exagérant un peu elle pourrait passer pour la voix d'un jeune garçon...

Dès lors, Francesca et sa fille s'affairent autour de moi, elles préparent des vêtements d'hommes et me les font essayer, puis effectuent les nécessaires travaux de couture afin de retoucher les parties trop longues ou peu seyantes. Egalement elles procèdent de telle façon que ma poitrine qui n'est heureusement pas trop volumineuse, devienne la moins proéminente possible en étant masquée par plusieurs épaisseurs de vêtements ; une fois à bord, je devrai mentir en déclarant qu'une grave maladie de peau m'empêche de dénuder mon torse, à l'inverse de ce que font habituellement tous les marins !

Vient ensuite le moment fatidique qui ne manque pas de profondément nous attrister toutes les trois, à savoir la coupe de mes beaux et long cheveux ; je suis assise sur une chaise et je vois à regret mes charmantes mèches brunes tomber sur le sol, irrémédiablement perdues ! Cependant les deux femmes me consolent en me glissant à l'oreille :

— I capelli ricrescono rapidamente !

Oui, bien sûr, ça repoussera vite ! Je peux enfin, non pas m'admirer, mais simplement me regarder dans le vieux miroir tout abîmé de la maison, et finalement je ne me trouve pas trop mal ; mes cheveux sont de longueur moyenne, comme ceux de nombreux matelots, et si je suis questionnée à ce sujet, je pourrai toujours raconter que je n'ai pas eu l'occasion de rencontrer un maître barbier digne de ce nom depuis mon malheureux naufrage !

Ainsi, Blandine, la « bella ragazza », est devenue « Antide », c'est mon nouveau prénom, « il semplice ragazzo » !

Il ne me reste plus qu'à préparer scrupuleusement mon futur dialogue avec le Capitaine, afin que celui-ci accepte sans sourciller de m'embarquer à bord de son navire ; ce sera donc à moi et à moi seule de parler en employant naturellement notre bonne vieille langue française.

Ledit capitaine, accompagné de ses quelques Officiers, se rendra ce soir dans une maisonnette située tout près du quai, endroit qui tient communément lieu de taverne à l'occasion de l'arrivée d'un bateau ; les hommes du village iront les rejoindre et pourront plus tard nous décrire l'allure et le comportement de cet équipage.

Les trois femmes réunies, nous attendons ainsi une bonne partie de la soirée et lorsque nos hommes viennent enfin nous voir, nous constatons avec inquiétude qu'ils font plutôt grise mine ; Francesca les questionne aussitôt et je comprends, à mon grand désarroi, que ce Capitaine et ses soi-disant Officiers ne sont que des hommes vulgaires, négligés, peu ou pas du tout éduqués, buvant et fumant beaucoup et surtout intéressés par la compagnie de femmes de mauvaise vie, évidemment absentes de notre petite île de Pantelleria. D'ailleurs une rixe avait même failli éclater entre cet équipage de débauchés et nos aimables marins pêcheurs !

Ce navire et ces hommes avaient déjà effectué quelques rares escales ici, mais personne ou presque n'avait fait attention à eux car il n'avait jamais été envisagé d'embarquer un habitant de l'île sur ce bateau ; à cause de mon départ imminent, la situation est devenue très différente et toute cette petite population se sent fortement concernée par mon proche avenir. Ainsi, au vu de ce que nous avons appris, Francesca et sa fille ont vraiment été bien inspirées de me déguiser en garçon ! Je remercie vivement ces braves marins pêcheurs et ils me font leurs adieux, car demain ils ne seront pas là pour assister à mon départ ; en effet ils ne rentreront au port qu'en début d'après-midi.

Ma nuit se passe dans l'inquiétude et je sais que Francesca ne dort pas non plus. Quant aux deux époux, je les entends souvent bouger dans leur lit et se retourner d'un côté puis de l'autre, signe de leur souci à mon égard et de leur difficulté à trouver le sommeil.

Vient enfin le jour fatidique, car ce matin même je dois aller voir le Capitaine, et dès cet après-midi, lorsque les quelques opérations de chargement seront terminées, nous mettrons les voiles. Je me prépare donc soigneusement, sous le regard à la fois bienveillant et attristé de celle que je considère désormais comme ma grand-mère de Pantelleria ; sa fille et son gendre sont depuis longtemps partis travailler et à notre tour nous nous mettons en route afin de rencontrer ce Capitaine.

Une fois sur le chemin, je ne manque pas de confier mon bracelet en or à Francesca ; en effet, une fois sur le quai, des regards indiscrets pourraient remarquer cette belle pièce de bijouterie et cela pourrait attiser une certaine convoitise.

Le parcours n'est pas bien long pour arriver au port et un peu plus tard nous découvrons l'homme, sa pipe à la bouche, arpentant lentement le quai et surveillant d'un air dédaigneux ses marins affairés à l'entretien du bateau. Nous nous approchons et je peux voir à présent que cet individu présente un aspect plutôt négligé : il porte une tenue qui jadis a dû ressembler à un uniforme de Commandant de navire, mais qui dorénavant arbore une couleur bleuâtre totalement passée ; son pantalon est élimé et tâché, et sa veste de même apparence vient recouvrir un tricot blanchâtre dont le col échancré laisse apercevoir un torse assez large et couvert de poils. Pour finir, une barbe mal taillée vient envelopper son visage, et sa tête hirsute est coiffée d'un couvre-chef de couleur noire, masquant en partie ses cheveux gris et emmêlés. Cet homme ne me plait pas du tout, il me met mal à l'aise et me dégoûte, mais je dois faire un effort et essayer de lui jouer la comédie. Francesca m'encourage du regard quand enfin je me décide à l'aborder en prenant ma voix la plus grave possible :

— Bonjour Capitaine, je m'appelle Antide Veyre et je faisais partie de l'équipage embarqué à bord du vaisseau nommé « Lacydon » ; j'étais employé en tant qu'aide cuisinier. Peut-être l'avez-vous déjà appris, mais il y a plus d'un mois ce navire a fait malheureusement naufrage non loin de cette île, et apparemment j'ai été le seul survivant de cette tragédie.

J'essaie de contenir mon trouble et je poursuis :

— Les braves gens vivant ici m'ont recueilli et aidé. Je viens maintenant d'apprendre que vous étiez en partance pour notre cher royaume de France...

Goguenard, le Capitaine me répond :

— Qu'est-ce que tu veux, qu'est-ce que tu sais faire ?

Je reprends, non sans émotion :

— Je ne suis pas un marin mais je pense pouvoir vous être utile à bord pour travailler à la cambuse. M'autorisez-vous à embarquer afin que je puisse rentrer chez moi et retrouver ma famille ?

Le capitaine tire quelques bouffées sur sa pipe en reprenant sa marche le long du quai ; il ne me regarde même plus et me répond de sa voix éraillée :

— Nous appareillons cet après-midi mon garçon, tiens-toi prêt, nous n'allons pas t'attendre !

Et il ajoute en haussant le ton :

— Et surtout pas d'histoires, hein ? Les gars comme toi, moi je les connais !

Bien que cela me coûte, je me hâte de lui exprimer ma reconnaissance :

— Merci Capitaine, je serai prêt !

Puis cet homme rustre hausse les épaules et s'éloigne de nous.

Notre stratagème a bien fonctionné ! Ce balourd de Capitaine a cru que j'étais un garçon !

Avant de remonter vers la maison, j'observe ce navire en compagnie de Francesca ; les pêcheurs d'ici le nomment « la Goletta » et sur sa coque je distingue enfin son nom, « Baguenaude », en partie effacé. Ce bateau ne me dit rien qui vaille car ses bordages n'ont pas l'air d'être en bon état ; ils ne semblent pas suffisamment enduits de brai ou de goudron et ce calfatage déficient leur donne un aspect vermoulu et une couleur verdâtre. Avec Francesca, nous échangeons un regard inquiet.

— Vecchio, molto vecchio ! me dit-elle.

Nous nous tenons par le bras et tête baissée nous nous dirigeons lentement vers la maison. Un sentiment confus et indéfinissable commence à m'étreindre ; moi qui ai si souvent imaginé mon départ de cette île ainsi que mes retrouvailles avec ma famille, je ne sais plus si je dois embarquer sur ce navire de mauvais augure ou s'il me faut attendre la venue d'un autre vaisseau, plus apte à prendre la mer. Mais quand donc arrivera ce dernier ? Peut-être jamais ! Evidemment je veux rentrer chez moi, mais l'idée même de quitter Pantelleria et sa communauté accueillante et fraternelle me rend vraiment mélancolique. Sur cette île, ma vie était devenue aussi simple que naturelle et je regretterai sûrement ces moment-là.

Arrivée à l'intérieur la maisonnette, Francesca glisse pêle-mêle dans un vieux sac en jute d'autres vêtements de garçon au milieu desquels elle cache mon bracelet, et elle prend bien soin de ne mettre aucun vêtement de femme ; ainsi rien ne pourra jamais me trahir si par mégarde mes effets étaient découverts.

Ensuite nous préparons ce qui constituera notre dernier repas à prendre en commun, et dès que la fille de Francesca revient des champs, nous nous asseyons autour de la table et nous mangeons toutes les trois en silence.

Puis vient le moment des derniers adieux ; j'ai demandé à ce que ceux-ci puissent avoir lieu à l'intérieur du village et non pas sur le quai, afin de ne pas risquer d'éclater en sanglots lors de mon embarquement et sous les yeux indiscrets de l'équipage. Tous les habitants de Pantelleria présents à ce moment de la journée se sont réunis devant notre maisonnette ; il y a surtout des femmes accompagnées d'enfants. Les accolades sont nombreuses et les étreintes chaleureuses. Chaque personne m'adresse un mot gentil, une parole d'encouragement, un regard empli d'émotion. Les enfants crient et tournent autour de moi en courant ; ils sont très amusés de me voir ainsi accoutrée !

— Blandina, il ragazzo ! S'exclament-ils.

Puis peu à peu les gens s'en vont lentement et rentrent chez eux. Francesca et sa fille m'accompagnent un court moment sur le chemin poussiéreux qui descend vers le petit port, ce même chemin que nous avons emprunté tant de fois en riant et avec un bel entrain, à présent nous le descendons posément et sans mot dire.

Nous nous arrêtons, derniers baisers, derniers sourires mêlés de larmes...

— Prendi cura di te, la bella Blandina ! E se vuoi, ritorna qui, a Pantelleria ! ce sont les dernières et bonnes paroles que Francesca profère de sa voix émue et éraillée.

Tout doucement je m'éloigne en portant mon sac en jute sur l'épaule et je me retourne une dernière fois pour lui dire :

— Si, prometto, rittornerô !

Lorsque je parviens sur le quai, mes larmes ont fini par sécher ; j'avance tête baissée et je monte sur la passerelle. L'équipage ne fait même pas attention à moi mais un prétendu Officier, sans doute aussi bourru que son Capitaine, m'interpelle brutalement :

— Eh toi, tu es le nouvel engagé, c'est bien ça ? Alors direction l'intendance, le cuisinier t'attends, ne traîne pas !

L'Ours et le Barbaresque

Cette fois-ci, il ne me sera malheureusement pas offert d'assister au départ en qualité de passager d'honneur depuis le château arrière, car à bord de ce navire je ne représente rien ni personne.

Déjà les marins exécutent les ordres brusques et péremptoires du Maître d'équipage, les voiles sont déferlées et les ancres remontées ; une bonne brise souffle de l'Est et notre appareillage ne devrait donc pas poser de problème. Le Capitaine, sa pipe à la bouche, se trouve sur la dunette, et son timonier est prêt à actionner la roue afin de diriger les premiers mouvements du navire. Ils ne remarquent pas ma présence et je continue d'avancer en direction de la partie centrale du pont supérieur, exactement là où l'officier m'a indiqué de me rendre. Au passage, je ne peux m'empêcher de remarquer le mauvais état des voiles et du gréement ; certaines toiles présentent quelques déchirures, d'autres ont sans doute été rapiécées à la hâte et de façon sommaire, quant aux cordages qui n'ont jamais dû être renouvelés, ils sont apparemment usés et dégradés par les divers frottements et par l'action de l'eau salée. Le tout dénote un aspect de délabrement et de laisser-aller qui contribue à me faire douter de la réussite de notre traversée. Autant le « Lacydon » m'avait donné une impression de neuf et de sérieux, autant la « Baguenaude » a plutôt l'allure d'un bateau ancien et délabré. Si une tempête, certes particulièrement violente, a eu raison du magnifique vaisseau sur lequel j'étais passagère, alors qu'adviendra-t-il de cette mauvaise Goélette lorsqu'un temps défavorable surviendra ?

Parvenue à proximité du grand mât, je descends par l'écoutille de l'intendant des vivres et aussitôt je me dirige à travers le ventre du navire en direction de la proue, car je me souviens que sur le « Lacydon » la cambuse était située à l'avant ; j'espère ne pas me tromper de direction, cela ferait mauvais effet si je n'étais pas capable de trouver mon lieu de travail tout de suite !

J'essaierai ensuite de me cantonner le plus longtemps possible dans cet endroit, où je serai sans doute en sécurité en demeurant bien séparée de l'équipage. Mon principal compagnon sera le cuisinier du bord qu'il me suffira de duper comme j'ai déjà procédé avec le Capitaine et l'Officier.

Arrivée à l'entrée de la cuisine, je pose mon sac sur le sol et je découvre qu'un homme assez trapu se trouve déjà dans la place. Cet individu n'est pas très grand mais passablement gros ; dès qu'il m'aperçoit, il se met à se déplacer rapidement dans ma direction en agitant ses bras plutôt courts d'avant en arrière, comme si dans leur mouvement alterné ceux-ci pouvaient l'aider à avancer ! Ainsi il s'approche tout près de moi et me scrute avec ses petits yeux noirs toujours en mouvement et dont l'expression dénote une certaine malice ; il se prépare à me parler mais son haleine empeste tellement le vin, je devrais dire la vinasse, que je suis obligée de me reculer d'un pas en arrière.

— Eh bien, ho ho ho, tu es mon jeune apprenti à ce qu'il paraît ! Viens, laisse ton sac par ici et allons nous asseoir ! Sur ce bateau, on m'appelle « l'Ours », ho ho ho ! Tu comprends pourquoi ? Et toi, quel est ton nom et d'où viens-tu mon gaillard ?

Cet homme d'âge moyen semble assez gentil et rieur mais son aspect est encore pire que celui de son Capitaine et de tous les marins que j'ai déjà aperçus à bord ; effectivement il est presque aussi poilu qu'un ours et mérite bien son surnom ! Ses bras sont entièrement couverts d'un duvet de poils châtain clair et son visage est loin d'être glabre car sans doute a-t-il omis de raser sa barbe depuis de nombreux jours. Son large crâne porte des cheveux blonds, presque jaunes, coupés extrêmement court. Quant à ses vêtements, j'ose à peine les regarder car il est à se demander si ces fripes peuvent être réellement qualifiées de vêtements ! Il porte un pantalon de couleur beige clair tellement sale que par endroits il paraît gris ainsi qu'un tricot rouge brique, beaucoup trop étroit pour sa taille, qui vient recouvrir en partie son gros ventre. Enfin ses pieds nus, volumineux et évasés, ne sont chaussés que de simples sandales.

Dans l'attente d'une réponse, il reste là, planté devant moi et légèrement courbé, ses bras oscillant doucement le long de ses hanches et il me regarde fixement en remuant de temps en temps ses courts sourcils en signe d'interrogation.

— Bonjour Maître Coq, mon nom est Antide Veyre, originaire de la cité phocéenne vers laquelle ce bateau navigue ; avec le vaisseau nommé « Lacydon » nous avons fait naufrage non loin d'ici et je suis le seul survivant. J'ai demandé au Capitaine l'autorisation d'embarquer afin de retourner chez moi.

— Antide ? ho ho ho ! Antide Veyre ! Antide, eh bien, pourquoi pas?

Sa réponse est dubitative et son regard est devenu un peu taquin mais aussitôt il s'éloigne et s'assoit sur un vieux coffre en bois tout en me faisant signe de m'installer sur une chaise qui a l'air bien déglinguée.

— Sois le bienvenu Antide, allons, ho ho ho, buvons donc quelques gorgées de ce vin !

Il prend une bonbonne et nous sert tous les deux en emplissant les bols à ras bord ; ensuite il porte tout de suite ce breuvage à ses lèvres mais il s'interrompt et m'examine d'un air étonné :

— Alors, bois mon garçon ! ho ho ho, c'est le seul moyen de combattre toutes les maladies que nous avons à bord ! Et ôte moi cette lourde veste, ici ce n'est pas comme sur le pont, il ne fait jamais froid !

J'ai beau essayer d'approcher ce bol de ma bouche, rien que l'odeur âcre et piquante de ce mauvais vin m'écœure. Je préférerais de nouveau goûter les douces infusions que savait me préparer Héloïse, la belle dame du Commandant du « Lacydon »...

— Non, excusez-moi, je ne peux pas, je suis accablé par de graves maux d'estomac qui m'obligent à vomir assez souvent et je ne peux avaler que des aliments consistants accompagnés d'un tout petit peu d'eau ; je souffre aussi d'une maladie de peau, sans doute contagieuse, et je dois porter en permanence tous mes vêtements, même quand il fait chaud.

— Comme tu voudras Antide, ho ho ho, comme tu voudras !

Le cuisinier a déjà bu la moitié de son bol, il essuie ses grosses lèvres sur son avant-bras poilu et reprend :

— Laissons donc travailler les marins et attendons que la « Baguenaude » ait quitté le port, ho ho ho, ensuite je te ferai visiter la cale.

Il me fatigue avec ses « ho ho ho » permanents ! Je ne sais s'il a sans arrêt envie de tousser ou bien si cette attitude ressemble à de la moquerie...

Juste au-dessus de nos têtes, j'entends l'agitation des hommes d'équipage, le bruit du pont qui craque, le glissement strident des cordages et les premiers claquements des voiles...

Dans le réduit où nous sommes, il n'y a que deux minuscules hublots disposés de part et d'autre, mais néanmoins je vois les collines qui bordent la baie abritant le port de Pantelleria s'éloigner tout doucement vers l'arrière. Je ne peux même pas sortir pour faire un signe à ceux qui m'ont accueilli, à ceux qui m'ont aimé...

Au revoir Pantelleria, au revoir à cette terre qui était devenue mon île !

Mes yeux sont emplis de larmes et je tourne le dos au cuisinier qui de toutes façons ne fait plus attention à moi, car trop occupé à vider son bol de vin.

Mais il ne sert à rien de regretter ! Bientôt je retrouverai mes parents, Césarine et mon précepteur ; ma vie reprendra son cours normal, je travaillerai de nouveau à la voilerie et peut-être un jour, je pourrai revenir en ce lieu et rendre visite à ceux qui constituèrent ma famille d'adoption.

— Ho ho ho, assez rêvassé ! Direction la cale !

Je le vois se lever et saisir un gros gourdin de derrière le coffre sur lequel il était assis et l'accrocher aussitôt à sa ceinture.

— C'est ça que tu regardes mon gaillard ? Il t'en faudra un à toi aussi ! Quand on descend à la cale, mieux vaut se protéger, ho ho ho, on ne sait jamais !

Et puis il s'interrompt, ouvre le coffre et saisit un briquet fait d'un simple morceau d'acier, ainsi qu'un silex, de longues allumettes, un morceau d'amadou et aussi une lampe à huile. Pour avoir souvent observé Césarine, je sais qu'en l'absence de feu, d'âtre ou de braisière, il faut frapper le silex avec l'acier et diriger les étincelles vers l'amadou qui constituera une petite braise ; ensuite, l'allumette soufrée produira une flamme au contact de ce fragile brandon. C'est exactement ce que fait cet homme, et d'ailleurs il est assez adroit malgré ses mains pataudes ; enfin, grâce à l'allumette enflammée, il allume la mèche de la lampe à huile qui dégage aussitôt une fumée âcre et une odeur nauséabonde.

— Il fait tellement noir dans cette cale ! Ho ho ho, nous aurons bien besoin d'un peu de lumière ! Allez, suis-moi ! Et une fois en bas, n'oublie pas de courber la tête !

A l'aide d'une grosse clé, il ouvre une trappe placée non loin de l'intendance, et en empruntant les quelques marches d'un mauvais escalier en bois, nous descendons dans les profondeurs du navire. Effectivement cet endroit est très sombre, bas de plafond, poussiéreux, et en plus il dégage des relents fétides ; puis nous entendons les craquements incessants de la coque qui subit l'assaut ininterrompu des vagues venant se briser contre ses flancs ainsi que le vacarme continuel occasionné par les animaux de la basse-cour, totalement effrayés par une telle ambiance.

Le cuisinier me surveille du coin de l'œil et s'exclame :

— Voilà nos barriques de vivres, d'eau et de vin, voilà nos volailles dans leurs cages prêtes à se laisser tordre le cou ! Mais nous n'avons pas beaucoup de volatiles et lorsque nous les aurons tous mangés, il ne nous restera plus que les biscuits de mer et le porc salé !

Je ne réponds rien et c'est à peine si je parviens à respirer tellement ce lieu empeste les mauvaises odeurs ; je baisse les yeux comme si j'observais attentivement les provisions mais en réalité je cherche plutôt à échapper au regard de celui qui dorénavant me commandera car je ne veux pas qu'il s'aperçoive de mon indisposition.

Il poursuit d'un ton plus grave :

— Maintenant, écoute moi bien, ho ho ho ! Avec le capitaine et son second nous sommes les seuls à pouvoir pénétrer ici-bas ; il faut économiser nos provisions car nous ne ferons sans doute pas de nouvelle escale avant d'accoster dans la cité phocéenne. Nous devons nous méfier de tous ces marins qui ne pensent qu'à faire ripaille et à gaspiller nos vivres !

Puis soudain il soulève son gourdin et tape plusieurs fois violemment sur le sol en bois de la cale ; pendant un très court instant, il m'a semblé voir quelque chose qui courait particulièrement vite mais je ne sais pas ce que c'était...

— Sacrebleu, tous ces rats ! N'oublie jamais de t'armer de ton gourdin quand tu descendras dans la cale et tue les, tue les tous, jusqu'au dernier ! Bon, ho ho ho, le temps n'est pas encore venu de les écorcher et de les jeter dans la soupe mais tout de même !

A présent il se dirige vers un recoin situé tout au fond de cet endroit immonde et me fait signe de lui emboîter le pas ; il s'arrête et demeure immobile en examinant de nouveau le plancher et en désignant ce qui se trouve presque à ses pieds. Arrivée à son niveau je découvre, non sans effroi, qu'il s'agit d'un homme, assis sur le sol et enchaîné.

— Celui-là c'est un pirate barbaresque, le prisonnier du capitaine. Je ne sais pas ce qu'il veut faire de lui, le vendre ou bien s'en servir comme monnaie d'échange...Ton travail consistera à vider son seau tous les matins et à lui porter sa pitance ; mais fais très attention, il peut être vraiment dangereux, ne lui parle jamais et surtout ne t'approche pas trop près !

Nous remontons lentement vers l'intendance ; je me sens totalement dépitée ! Mon futur labeur à bord de ce bateau constituera sûrement la pire épreuve de mon existence...

Je passe la nuit allongée sur mon hamac, installé pour l'occasion dans la cambuse et à proximité de celui du Maître Coq qui lui a la chance de s'endormir très vite en se mettant à ronfler assez fort ! Après de longs moments passés à rechercher une position relativement confortable sur ce rude tissu de lin dont la propreté est plus que douteuse, je réussis tout de même, environ vers le milieu de la nuit, à faiblement m'assoupir ; néanmoins, comme je me suis couchée toute habillée, je ressens toujours cette infecte odeur de la cale qui a sûrement imprégné tous mes vêtements, et je dois faire un grand effort pour ne pas être malade. Heureusement la mer semble plutôt calme et le navire ne tangue ni ne roule que très faiblement.

— Ho ho ho, allez debout mon gaillard !

Finalement j'ai dû vraiment dormir et je ne m'en suis pas franchement rendue compte, mais maintenant c'est déjà le matin et il faut se lever. Et dire que ce maudit voyage va durer trois ou quatre jours !

— Viens manger et boire quelque chose avec moi et après, ho ho ho, tu iras seul dans la cale pour vider le seau du barbaresque ; tu le sais bien, c'est ton travail !

Nous partageons une bouillie de fayots qui n'est pas trop mauvaise bien qu'ayant un arrière-goût de roussi et le cuisinier, fidèle à ses habitudes, boit son bol de vin tandis que moi je me contente d'un peu d'eau ; puis, après avoir de nouveau allumé la mèche de la lampe à huile, il se lève et ouvre cette abominable trappe en me faisant signe de descendre.

— Prends la lampe, je te prête mon gourdin, ho ho ho, et je vais tout de suite en faire fabriquer un deuxième ! Ensuite rejoins-moi sur le pont, juste au-dessus de la cambuse, nous préparerons les brasiers et les chaudrons pour le repas de ce jour.

Me voilà seule, avec ce lourd gourdin accroché à ma ceinture, descendant ce mauvais escalier et tenant fermement mon faible lumignon. Enfin arrivée à fond de cale, je marche prudemment en regardant bien où je pose mes pieds ; je me souviens qu'il faut passer au milieu de toutes ces barriques en évitant de rencontrer les rats, que pour le moment je serai bien incapable de tuer, et pour finir je dois trouver mon chemin vers le prisonnier.

Lorsque je parviens en vue de cet homme, je m'arrête aussitôt car je préfère l'observer à distance, mieux vaut être prudente ! Mes yeux ont commencé à s'habituer à l'obscurité et je vois qu'il se tient assis, dans la même position que le jour précédent, ses longues jambes allongées devant lui ; depuis longtemps sans doute, il m'a entendu arriver et il a soulevé sa tête, il attend patiemment celui qui viendra le visiter, celui qui lui apportera un peu de nourriture et d'eau, celui qui prendra son seau...

Il n'a pas l'air si dangereux que ça ! Il ressemble plutôt à quelqu'un de très affaibli.

Très lentement je m'approche, ce qui me permet de détailler ce personnage étrange : même assis, sa stature est imposante, il doit être de grande taille et sa tête est assez volumineuse. Il est entièrement vêtu de noir, jusqu'au sommet de son crâne qui est en partie recouvert d'une capuche, noire elle aussi, et par-dessus ce vêtement assez fin, il porte un pantalon court en tissu de couleur rouge écarlate mais entièrement déchiré ; ses longs pieds sont chaussés de mauvais mocassins dont la teinte jaune clair, bien que sale, tranche avec l'obscurité ambiante. De lourdes chaînes entravent ses bras et ses jambes, et ses plaies sont nombreuses ; quant à son visage, il est en partie tuméfié suite aux coups qu'il a dû recevoir et de même, le long de l'une de ses joues, apparaît une traînée de sang séché.

Ce prisonnier me fait pitié, il souffre et ne semble pas spécialement méchant ! Je saisis son seau, à moitié plein de matières malodorantes, et je remonte vers le pont ; là je le vide par-dessus bord et grâce à la longue corde qui est accrochée à sa anse, je le rince plusieurs fois à l'eau de mer et enfin je le remplis.

Comme lors de mon embarquement, personne ne prête attention à ma présence, je vois simplement sur le gaillard d'arrière le Maître Coq qui discute avec le Second du navire. Aujourd'hui il fait un temps superbe, le soleil brille de toute sa puissance et le ciel est d'un bleu pur et limpide, mais au loin, droit devant nous, j'aperçois tout de même de la brume et quelques nuages assez bas qui stagnent au-dessus de l'horizon ; j'aimerais bien rester un peu sur le pont, respirer cet air tonique et sain, mais il ne faut pas que je me fasse trop remarquer et je retourne bien vite dans la cambuse. Une fois seule à l'intérieur, je récupère un morceau de toile de jute, quelques biscuits de marin aussi durs que de la pierre ainsi qu'un peu de vin, et je dépose tout cela non loin du malheureux prisonnier qui séjourne à fond de cale ; je remonte chercher mon seau plein d'eau de mer et je descends une nouvelle fois vers les sombres entrailles du bateau, en essayant de ne rien renverser.

Malgré les recommandations du Maître Coq, j'ai décidé de m'occuper de cet homme misérable car je me suis souvenue de l'aide et des soins que m'avait apportés la vieille Francesca lors de mon arrivée dans l'île de Pantelleria, et justement sans son amabilité et sa compassion je ne serais sans doute plus de ce monde ! Après tout, ce barbaresque est enchaîné, affaibli et il ne peut donc me faire aucun mal ! Tout doucement je m'approche de lui ; avec ses grands yeux noirs, il me regarde avec surprise et curiosité mais sans aucune animosité. A bord de ce bateau il n'a sûrement encore jamais vu quelqu'un s'intéresser à sa personne !

Je commence par m'accroupir auprès de lui et je tends le bol de vin dans sa direction, mais à ma grande surprise il refuse immédiatement de consommer cette boisson et aussitôt il s'exclame :

— Laa, laa, aetani almiaha, walmiah faqat !

Si j'ai éprouvé quelques difficultés à comprendre Francesca, du moins au début, mon embarras sera encore plus grand avec ce barbaresque car je ne comprends absolument rien à sa langue. En tout cas, voilà un homme qui n'aime pas le vin et à bord d'un navire, cela est plutôt rare ! Je vide le bol dans un recoin de la cale et je monte rapidement vers la cambuse pour le remplir avec de l'eau, avant de le présenter de nouveau à ce pauvre prisonnier qui cette fois-ci apprécie enfin le breuvage :

— Shukraan, shukraan, me dit-il tout en buvant.

J'entreprends alors de lui donner des biscuits mais ceux-ci sont tellement durs qu'il faudrait tout d'abord essayer de les ramollir dans l'eau du bol ; cependant il les croque sans attendre et se met à sourire en découvrant de belles dents blanches parfaitement saines, ce qui me surprend beaucoup car souvent les gens de mer ont une dentition en très mauvais état ; puis il désigne ses fameuses dents et s'exclame :

— Usnan alfaar, usnan alfaar !

Je suppose qu'il est en train de me vanter la solidité de sa mâchoire ! Néanmoins il est maintenant temps de laver ses blessures. Lors de mon précédent naufrage, j'ai appris que l'eau de mer est un bon remède pour soigner les plaies, ainsi je trempe ma petite toile de jute dans le seau que j'ai apporté ici et je commence à nettoyer ce pauvre barbaresque ; je passe doucement la toile sur son visage, sur ses bras et sur ses jambes, puis je rince abondamment mon tissu dans cette eau salée et je renouvelle cette opération à plusieurs reprises. Cela semble lui faire du bien, calmer les douleurs qu'il devait endurer, et en tant que prisonnier destiné à être vendu ou échangé, il deviendra de la sorte plus présentable !

Mais soudain, l'homme ne sourit plus, il me regarde fixement et commence à froncer les sourcils ; je me demande finalement si le Maître Coq n'avait pas raison en me recommandant de rester sur mes gardes et de me méfier de ce personnage. Pour le moment, le pirate barbaresque demeure assez songeur, il m'observe de nouveau avec un air dubitatif et enfin, après avoir éclaté de rire, il se décide à parler :

— Laa, ant lays rajoul ! Ant aimra'a ! Nam, aimra'a !

J'écarte les mains et je soulève légèrement le menton en signe d'incompréhension mais il répète la même phrase, cette fois-ci en désignant ma poitrine et il rit encore plus fort...

Non, ce n'est pas possible, vient-il de comprendre que je suis une femme ? Ce serait une catastrophe si j'étais démasquée ! Evidemment, je me suis montrée trop compatissante et serviable ; un homme de cet équipage n'aurait jamais agi ainsi. Alors en guise de réponse, je pose mon doigt sur mes lèvres et je l'encourage à ne plus rien dire et surtout à ne pas me trahir. Aussitôt il acquiesce et répète :

— Nam, nam, annaha sirr !

Je pense qu'il est d'accord et cela m'apaise.

— Morbleu, mais où est-tu donc passé ? Tu es là ? Et la trappe de la cale qui est restée ouverte ! Tu aurais intérêt à revenir !

J'entends brusquement le pas lourd du Maître Coq qui descend le petit escalier ; je laisse le seau et le bol au prisonnier, puis rapidement je me redresse et je me cogne violemment la tête à une poutre de cette maudite cale ! Tout en me massant le sommet du crâne, je retourne vers l'Ours qui m'attend au bas de l'escalier, les bras croisés sur son ventre ; il n'a pas l'air de bonne humeur.

— Mais que fabriques-tu donc avec ce vaurien ? Je t'avais dit de vider son seau et de venir me rejoindre, c'est tout ! Cela fait un bon moment que je t'attends près des brasiers !

— Oui, excusez-moi mais cet homme était plutôt mal en point et je pense qu'un peu de toilette ne lui a pas fait de mal ! Il n'en sera que plus présentable si le Capitaine veut le vendre !

— Eh bien soit ! Allez viens, remontons sur le pont ! Mais vois-tu, ho ho ho, il faut toujours que l'un de nous deux reste à proximité des brasiers, tâche de t'en souvenir !

Je marche derrière lui et nous parvenons enfin à la coquerie située vers la partie avant du pont ; là, dans les deux fourneaux entourés de pierres et de briques noires, le feu va déjà bon train et les braises commencent à être rougeoyantes ; il faut croire que cet ours de cuisinier, malgré son apparence, n'est pas si mauvais que ça pour s'occuper des repas !

— Ho ho ho, voilà ton gourdin, il est plus léger que le mien et rends moi donc celui-ci ! Bon, à présent tu vas rester devant la coquerie ; tu verras, bientôt les flammes s'éteindront et tu devras surveiller la braise : si tu vois que ça se consume trop vite, tu jettes un peu de ces cendres au-dessus et tu fermes à moitié cette plaque en fer !

Je pense que ce nouveau travail va me plaire et au moins je serai à l'extérieur ; cela me changera de la cambuse et de la cale, bien que j'aie apprécié de m'occuper de ce pirate barbaresque.

— Ah, j'allais oublier, laissez-moi tout de même vous féliciter !

C'est assez bizarre qu'il se mette soudain à exprimer une telle marque de respect en me vouvoyant...

— Pour une demoiselle de bonne famille, vous êtes très courageuse ! Eh oui, ho ho ho, une fois seule à fond de cale, vous vous en êtes vraiment bien sortie ! Bravo !

Je suis complètement décontenancée ; d'abord c'est ce pauvre prisonnier qui a découvert la vérité, et maintenant c'est lui, ce gros cuisinier un peu bête qui me démasque !

— Je vous en prie, ne dites rien à personne, mais comment avez-vous su ? J'étais pourtant sûre d'être bien déguisée !

— Mademoiselle, si vous avez réussi à tromper cet abruti de Capitaine et son imbécile de Second ainsi que cet équipage de sots, alors tant mieux pour vous ! En tout cas, moi, ho ho ho, j'ai tout de suite remarqué la finesse de vos mains de jeune fille et le dégoût que vous a inspiré ce navire et notamment sa cale, dégoût qu'un jeune matelot n'aurait pas ressenti autant que vous ! Et puis quand un Maître est assez gentil pour offrir du vin à son apprenti, celui-ci accepte de le boire sans attendre !

Je dois reconnaître que son attitude à mon égard est tout de même respectueuse et aussi protectrice, néanmoins il me regarde toujours d'un air amusé, ce qui m'intrigue un tant soit peu...

— Mais que comptez-vous faire de moi à présent ?

— Ne vous inquiétez donc pas ! Je resterai muet comme un fond de barrique ! Ho ho ho ! Ce Capitaine, ces soi-disant marins et ce mauvais bateau la « Baguenaude » ne me plaisent pas, mais alors pas du tout, et à la première escale, je leur fausserai compagnie !

— Je vous remercie pour votre bonté et votre discrétion ; sachez que dès notre arrivée à destination, je vous présenterai à mes parents qui sauront vous recommander pour un meilleur travail.

Néanmoins, j'espère franchement que le jour venu, il sera plus propre et qu'il se rendra enfin présentable car sinon ma famille aura une bien piètre opinion de lui et cette rencontre finira par me couvrir de honte !

— Allons, faites attention aux feux et surtout gardez la tête baissée ; ho ho ho, je descends assommer quelques volailles que nous plumerons et rôtirons tout à l'heure !

Je le vois s'éloigner vers le grand mât avec sa démarche chaloupée, si caractéristique d'un homme gros et débonnaire, et il descend ensuite lentement par l'écoutille de l'intendant des vivres

La Brigantine

Seule devant les fourneaux et selon les recommandations de celui que dorénavant j'appellerai l'Ours, je ne quitte pas la braise des yeux, ainsi personne à bord ne pourra croiser mon regard.

A présent le temps est beaucoup plus brumeux que lors de ma première venue sur le pont, et les nombreux nuages bas qui traînent de façon nonchalante au-dessus des flots limitent considérablement la visibilité ; afin de bénéficier au maximum de la faible brise qui souffle timidement depuis l'arrière du bâtiment, l'équipage a brassé les vergues en carré et a bordé toutes nos misérables voiles. Malgré cela, c'est à peine si nous parvenons à avancer et l'ambiance à bord se fait de plus en plus lourde.

De temps à autre, je lève furtivement la tête et j'observe ce qui se passe à l'opposé du bateau, sur la dunette, et ce à quoi j'assiste me paraît pour le moins étrange ; le Capitaine et son Second demeurent immobiles, tournant le dos au reste du navire, ils semblent scruter la portion de mer visible derrière nous et n'ont de cesse de se passer la longue-vue qui dans une pareille brume doit s'avérer bien inutile ! Ils se parlent mais je ne peux entendre ce qu'ils se disent, ils semblent soucieux et préoccupés. Depuis ma position, nettement plus basse que le château arrière, je ne peux évidemment pas voir ce qui les inquiète mais soudain le Capitaine fait un signe à son Maître d'équipage qui aussitôt accourt vers lui ; apparemment l'ordre a été bref et l'homme qui commande directement les marins retourne précipitamment sur le pont, et contrairement à ce qui se pratique d'habitude avec force cris et éclats de voix, il se déplace rapidement parmi chaque groupe d'individus en leur intimant de se taire et de ne plus faire aucun bruit. Il vient ensuite jusqu'à moi et me dit à voix basse :

— Toi le nouveau, étouffe moi vite ce feu, ferme ces plaques en fer et surtout pas de fumée !

Je lui réponds en chuchotant :

— Mais que se passe-t-il donc Maître ?

— Le Capitaine vient de repérer un navire juste derrière nous, à seulement quelques encablures, et d'après son pavillon il s'agit d'un vaisseau pirate qui porte le même nom que la garce qui le commande, la « Brigantine ».

— Vont-ils nous attaquer ?

— Avec cette brume et ces nuages ils ne nous ont peut-être pas remarqués, mais mieux vaut ne pas faire de bruit et éteindre les feux.

— En cas d'abordage le prisonnier barbaresque qui gît à fond de cale pourrait nous aider à nous défendre si nous le libérions...

D'un air méprisant, il rétorque :

— Il nous trahirait à la première occasion, c'est un infidèle ! Mais si tu veux, va donc le demander au Capitaine !

Après avoir vérifié que mon feu ne fumait plus, le Maître d'équipage me tourne brusquement le dos et commence à se diriger vers le pied du grand mât afin d'attendre sur place les futurs ordres de son Commandant. Alors qu'il se retire, je l'entends grommeler :

— Foutre ! Pour qui se prend-il donc ce mousse avec ses questions idiotes ? Libérer notre prisonnier, il ne manquerait plus que ça ! Un gibier de potence !

Le vent est stable mais toujours très faible et les deux hommes d'équipage en charge de la manœuvre des focs n'ont plus grand chose à faire ; ils viennent déambuler non loin de moi. Ce sont deux vieux gabiers sans doute lassés par leur travail et aussi usés par l'air marin, les vapeurs d'alcool et l'excès de tabac, ils ont l'air fatigués et anxieux ; ces hommes ne peuvent me voir car je me tiens assise derrière un tas de rondins de bois, mais de ma place je parviens tout de même à entendre toute leur conversation :

— Par la peste, si le Bosco a dit vrai, nous allons tous y passer !

— Tous y passer ? Mais qui c'est cette gourgandine ? C'est une barbaresque elle aussi ? Et d'abord, d'où vient-elle ?

— Elle viendrait de nos colonies du nouveau monde et avec son équipage de brutes sanguinaires, elle aurait commencé à écumer les parages depuis quelques mois !

— Sacrebleu, alors c'est vrai ce qu'on entend dire çà et là dans les ports ?

— Ah oui, sur cette mer, on commence à raconter pas mal d'histoires à son sujet ! Assurément elle est méchante comme une teigne, et sa cruauté est sans limite ; elle ne laisse aucun survivant et ne fait pas non plus de prisonniers ! Les malheureux qui ont croisé sa route ne parleront plus jamais !

— Et son pavillon, c'est vrai aussi ?

— Corne de bouc, c'est bien vrai, une énorme araignée brodée avec du fil d'or !

— On ferait mieux de sauter tout de suite par-dessus bord, on aurait au moins une chance de s'en sortir, ce n'est pas avec nos quatre vieux canons de douze, pas même mis en batterie, qu'on pourra se défendre !

— Bougre ! Se jeter à l'eau ! A condition de savoir nager !

L'un d'eux se racle bruyamment la gorge et crache par terre.

Mes idées s'emmêlent dans ma tête. Si réellement ces abominables pirates nous traquent, la situation deviendra vite désespérée ; nos quatre canons de faible calibre disposés en sabord de part et d'autre du navire ne nous seront d'aucune utilité et en outre nos voiles en mauvais état rendront toute fuite impossible.

Mais que fait donc l'Ours, pourquoi ne remonte-t-il pas ? Je trouve cette attente interminable et ce calme plat particulièrement angoissant...

Et puis soudain... rompant brutalement ce silence infini, plusieurs détonations se font entendre depuis l'arrière de notre bateau ; c'est comme si les nuages, l'air et l'eau s'emplissaient tous ensemble d'un déchaînement de bruit et de fureur, et au milieu de ce vacarme assourdissant plusieurs sifflements, mêlés de frottements de chaînes, deviennent de plus en plus perceptibles.

Rapidement, je comprends pour notre plus grand malheur ce que cela signifie !

Dans ma ville natale, à l'occasion d'une visite sur un vaisseau amarré au port, j'avais déjà pu observer des boulets enchaînés ; Père m'en avait montré et m'avait aussi expliqué les dégâts que ceux-ci pouvaient causer sur les gréements...

Les canonniers pirates doivent parfaitement connaître leur travail car déjà ces armes redoutables s'abattent sur nous, elles arrivent du ciel, semblables à une pluie de métal qui hurle sa colère en lacérant nos voiles et en détruisant nos mâts. Je suis toujours assise, effrayée, paralysée ; j'ai posé ma tête sur mes jambes recourbées et j'ai collé mes mains contre mes oreilles, finalement j'ai aussi fermé les yeux et je me suis mise à trembler. Il se peut que je sois tuée sur le champ par l'un de ces boulets lorsqu'il retombera sur le pont ou bien par une pièce du gréement ; quand la mort viendra me saisir, je ne m'en rendrai même pas compte, je sombrerai immédiatement et pour toujours vers le néant...

Mais le calme revient, ce qui me permet de relever un peu la tête. Nos voiles sont toutes déchirées ; déjà qu'auparavant leur apparence était pitoyable, elles sont dorénavant réduites à de simples lambeaux de toile flottant tristement sous les vergues, quand elles ne viennent pas carrément recouvrir le pont supérieur, suite à l'effondrement d'une partie d'un mât.

A présent la « Baguenaude » demeure immobile, endormie et blessée à mort, uniquement bercée par le mouvement d'une faible houle, en attente de l'arrivée de cette terrifiante « Brigantine ». Le temps n'est plus au silence, le Capitaine et son Second apparaissent totalement dépassés par les évènements, ils semblent donner des ordres incohérents et le Maître d'équipage se met à courir dans tous les sens ! Quelques épées, pistolets et mousquets ont été remontés vers le château arrière mais ces armes ne sont pas en nombre suffisant et comme le reste du bateau elles sont sans doute en piteux état ; et puis qui saura les utiliser ? Ces hommes d'équipage ne sont pas des individus aguerris pour la bataille et encore moins des soldats ! Ils sont juste un groupe de lourdauds burinés et consumés par leur rude labeur et leur vie dissolue...

Peu à peu, je commence à distinguer le navire pirate qui sort lentement de la brume et s'approche de nous par bâbord arrière ; il ne va pas bien vite car la brise est de plus en plus faible mais tout de même il avance tranquillement en paraissant glisser sur l'eau ; ainsi que Mère le disait souvent à l'approche d'un orage : c'est le calme avant la tempête !

Les canons se sont tus, vraisemblablement ces brigands des mers ne veulent pas nous couler tout de suite mais d'abord nous aborder afin de piller ce qui pourrait les intéresser ; dès l'apparition de leur vaisseau de malheur, ceux de nos marins qui savent nager ont immédiatement sauté par le flanc tribord de notre navire et ils tentent maintenant de s'éloigner, pauvres hères effrayés, luttant désespérément pour leur survie. Quant à moi, bien qu'aussi apeurée que ces malheureux hommes, je ne me jetterai pas à la mer car j'ai déjà connu un naufrage, et si j'ai pu survivre c'est sûrement grâce à mon courage et à ma persévérance mais également et surtout parce que la chance m'a souri en me plaçant tout près de cette fameuse île de Pantelleria. Ici, au beau milieu de nulle part et loin de toute côte qui pourrait les accueillir, ils ont choisi le supplice et la mort lente à la place d'une fin certes effroyable mais brève.

La « Brigantine » est désormais tout près de nous, c'est un fier navire, d'une catégorie que je ne sais pas bien identifier ; il ressemble à une goélette mais son gréement est très différent. Ce vaisseau est terriblement armé : ses sabords ouverts laissent apercevoir six fûts de canons dont le métal est d'ailleurs étincelant. A bord de notre vieille « Baguenaude » et face à ce splendide bâtiment, nous n'avions vraiment aucune chance...

Et ce drapeau ! Les deux vieux gabiers n'ont pas exagéré, il est splendide mais résolument terrifiant : sur un fond bleu marine, presque noir, la silhouette d'une araignée est brodée avec des fils de couleur rouge et or !

A présent je commence à distinguer ses hommes d'équipage. L'un d'entre eux, fermement campé au beau milieu du pont supérieur, semble commander les autres ; sa stature est imposante, son crâne partiellement rasé porte une chevelure en forme de crête rougeâtre, un peu à la manière de certains indiens d'Amérique dont j'avais pu à l'occasion contempler des estampes. Même vu de loin, cet homme est particulièrement impressionnant et sa voix porte comme le son du tonnerre ; peu avant que les deux navires se retrouvent bord à bord, je l'entends crier d'une façon saccadée et avec un accent guttural des mots brefs que je comprends à peine, mais aussitôt toutes les voiles de leur vaisseau sont rapidement carguées et les grappins sont envoyés avec force par-dessus bord, afin que dorénavant nos deux bâtiments ne fassent plus qu'un.

Certains pirates sont déjà en train d'installer des planches entre les deux ponts quand d'autres sont suspendus dans les cordages, prêts à sauter sur nous tels des oiseaux de mauvais augure. J'ai décidé de ne pas me laisser mourir sans me défendre ; je ramasse mon gourdin et je l'empoigne à deux mains, aussi fermement que mes forces me le permettent. Si au moins l'Ours était revenu auprès de moi ! Mais peut-être a-t-il entendu les coups de canon et commence-t-il à briser les chaînes du prisonnier pour que celui-ci puisse venir lutter et résister à nos côtés ? Que se passe-t-il donc au fond de cette maudite cale ? Tous les trois bien rassemblés, nous formerions un groupe plus combatif que moi toute seule pour accueillir ces vauriens !

Sur le pont de l'autre navire le grand homme a fait claquer son fouet, et je ne sais pas pourquoi mais ce bruit sec m'a immédiatement rappelé l'individu surnommé l'Œil de Satan qui m'avait autrefois défendue dans la ruelle, tout près de la voilerie... le grand homme a ensuite hurlé un seul mot, l'unique mot funeste qui annonce nos souffrances et notre agonie : « Abordage ! »

Aussitôt, ceux des pirates qui se balançaient au bout de leurs cordages sautent déjà sur le pont pendant que les autres s'élancent allègrement sur les planches en poussant force cris ; cette troupe disparate, aux couleurs bigarrées et aux armes diverses, ressemble à une armée de vandales assoiffés de richesses et de sang et décidés à tout massacrer sur leur passage.

Soudain je vois un homme de petite taille armé d'une torche enflammée accourir vers moi ; son torse est nu, sa peau est cuivrée, rougeâtre, presque entièrement brûlée par le soleil et à sa ceinture sont accrochés rapière, pistolet ainsi qu'une outre contenant sans doute du rhum ou une quelconque eau de vie. Au fur et à mesure qu'il s'approche, je remarque aussi qu'il est borgne mais il ne porte pas sur son front le classique bandeau de couleur noire, si cher aux pirates ainsi mutilés. En effet, sous sa paupière à demi-close, l'œil qui lui manque apparaît comme une boule de chair informe et blanchâtre. Dans un geste de défense, je commence à soulever mon gourdin tandis que ce forban saisit son outre et se met à boire une bonne goulée de son breuvage qu'il souffle aussitôt vers moi avec force en l'enflammant au passage à l'aide de sa torche. Je ne m'attendais pas à une telle attaque et je me recule brusquement afin d'échapper à cette violente gerbe de feu. Voyant ma surprise et mon désarroi, le petit pirate rougeaud éclate d'un rire moqueur dont l'intonation est particulièrement désagréable car très éraillée et perçante. Malgré sa taille de nabot, sa force est grande et ses muscles sont puissants, ainsi il a tôt fait de se saisir de mon gourdin qu'il fait vivement tourner au-dessus de sa tête en riant bêtement et de plus belle !

... Le terrible coup que je reçois soudain sur le côté de ma tête m'oblige à vaciller et à m'effondrer lourdement sur le pont ; comme dans un rêve, j'entends encore son rire fou, son rire de malheur mais je ne vois déjà plus rien car mes yeux sont devenus aveugles et je répète en bégayant des mots qui n'ont plus aucun sens.

Je tiens ma tête dans mes mains, jamais je n'ai autant souffert et j'ai l'impression que mon sang s'est dès lors répandu sur mon visage et sur le sol ; je perçois encore les battements rapides et désordonnés de mon cœur mais dorénavant je gis inerte dans une mare pourpre et sombre de détresse, d'agonie et de silence...et puis plus rien...le vide... le néant...

Fin de la première partie

LUC DRAGONI

Chères lectrices, chers lecteurs,
Merci d'avoir lu ce roman.
Vos critiques, vos avis, bons ou mauvais, sont les bienvenus.
LucD.Auteur@hotmail.com

Don't miss out!

Visit the website below and you can sign up to receive emails whenever Luc Dragoni publishes a new book. There's no charge and no obligation.

https://books2read.com/r/B-A-ZCGEB-OCLPD

BOOKS2READ

Connecting independent readers to independent writers.

Did you love *Pirates ! 1 Le Voyage de Blandine Veyre*? Then you should read *Pirates 2.Arthemise De Lomvast*[1] by Luc Dragoni!

[2]

On a misty morning in the early summer of 1720, the 'Brigantine', a splendid vessel who bears the same name that the woman who commands her, navigates lazily in the Southern Mediterranean Sea, but the young Captain is as bored as she is moping.Shortly before attacking a miserable Schooner that cruises in the vicinity, this ruthless Pirate recalls the past time and remembers the girl she was, the girl who crossed the great ocean and came to live in the warm climate of the West Indies, the independent girl who was curious about everything, the young girl that nothing could ever harm..."The dawn is rising and illuminates with its ocher and orange lights the small island which seems to be lying on the surface of the water, isolated but at the same time close to the big land spotted on the last day of this voyage.The very long journey has just ended.For this family of settlers whose new home will be located here, on the other side of the great

---

1. https://books2read.com/u/3GzExO

2. https://books2read.com/u/3GzExO

ocean and at the very end of the West Indies, the French kingdom and this cold Northern province, the birthplace of their lineage, are now becoming a vague recollection."

Also by Luc Dragoni